GABRIELLE D'ESTRÉES,

TRAGÉDIE.

GABRIELLE D'ESTRÉES,

TRAGÉDIE EN CINQ ACTES.

Par M. de SAUVIGNY.

Représentée pour la premiere fois, à Versailles, le 28 Janvier 1778.

Incedo per ignes
Suppositos cineri doloso.

Prix 30 sols.

A PARIS,

Chez ROBUSTEL, Libraire, Cloître des Jacobins, la premiere Boutique en entrant par la rue de la Harpe, près la Place Saint-Michel.

M. DCC. LXXVIII.

Avec Approbation & Privilége du Roi.

PRÉFACE.

» SANS vouloir justifier la passion de Henri IV
» pour la belle Gabrielle, la Justice pourtant
» m'oblige à remarquer ici que cet attachement
» n'étoit pas moins fondé sur les qualités du
» cœur & de l'esprit que sur celles du corps,
» & que *la haine seule* qu'on porte ordinaire-
» ment aux maîtresses des Rois, a fait dire d'elle
» tout le mal que nous en lisons ».

C'est ainsi que s'exprime un des hommes qui a le plus refléchi sur le regne de Henri IV; voilà ce que pense de Gabrielle un Ecclésiastique respectable, un critique judicieux, le rédacteur des Mémoires de Sulli. Il rejette absolument comme des contes inventés à plaisir les anecdotes rapportées par Sancy, & adoptées par l'Etoille sur *les amours de d'Estrées & de Bellegarde.*

Sancy & l'Etoille n'ont pas inspiré plus de confiance à l'Auteur estimé de *l'Esprit de la ligue.* » Le premier, nous dit-il, tourmenté par » une bile noire, a trempé sa plume dans le fiel,

» & le ſecond avec ſa naïveté cauſtique, n'étoit » que l'écho des bruits populaires ».

On peut en croire Sancy quand il ſe déclare l'auteur de ces bruits populaires, quand lui-même en tire vanité, quand il eſt cité par des hommes dignes de foi pour avoir mis tous ſes ſoins à les répandre. Je ne crois pas qu'on me demande comment il parvint à les accréditer. Alors il étoit preſque ſurintendant des Finances, & ſans doute, il avoit des moyens auxquels il pouvoit donner un certain poids. A préſent qu'il n'eſt plus, on me permettra d'examiner ſi nous devons l'en croire ſur ſa parole.

S'il ne reprochoit à Gabrielle que de tendres foibleſſes, peut-être n'aurai-je pas entrepris de la défendre, non que je ne trouve la cauſe de mon héroine très-bonne, mais il eſt bien déſagréable d'avoir à combattre une vieille erreur qui a pris ſa ſource dans la malignité du cœur humain. L'avanture de la *groſſeſſe* & celle du *cabinet* ne ſont fondées ſur aucunes preuves; on les a citées parce qu'on en a ri; on a voulu qu'elles fuſſent vraies, parce qu'elles étoient plaiſantes. Les femmes s'amuſent comme nous, de pareilles hiſtoriettes, mais au fond elles ſavent à quoi s'en tenir. Les hommes, à ce qu'on dit, ne ſe ſoucient gueres d'en démêler la vérité; une inclination ſuperſtitieuſe les porte d'abord à croire. Heureuſement qu'ils exigent des preuves quand les accusations commencent à devenir sérieuses.

Dans les galanteries que Sancy reproche à Gabrielle, il mêle des circonstances dont la fausseté est manifeste. Le témoignage unanime des écrivains de son siécle dépose contre lui. On est forcé de convenir que toutes ces imputations sont également destituées de preuves. Peut-on sans injustice adopter les unes en rejettant les autres ?

Peut-être me demandera-t-on comment une femme que j'ai voulu peindre aussi douce que la belle Agnès, & aussi tendre que la Valiere, a pu se faire un ennemi constamment acharné contre elle ? [*] » Sancy, me dira-t-on, étoit à la vérité *un esprit turbulent & fougueux*, mais, *courtisan délié, il avoit un art très-rafiné de flatter le Roi dans ses divertissemens, & de l'amuser dans ses galanteries.* Cependant dès qu'il voit arriver Gabrielle à la Cour, il l'attaque ouvertement, il l'accable des traits les plus satiriques, il se permet les calomnies les plus atroces ; d'où provient une haine aussi subite, aussi envenimée ? La réponse n'est pas difficile à faire. Le courtisan délié vouloit bien permettre à son maître un commerce de galanterie, mais non pas une passion ; en homme d'esprit il prévoyoit que les charmes

(*) Voyez les Mémoire de Sulli.

de Gabrielle & l'amabilité de ſon caractere devoient inſpirer un attachement durable. Il ſavoit qu'une calomnie, telle abſurde qu'elle ſoit, revêtue, ſi je l'oſe dire, de la ſanction publique, équivaut à la vérité. Qui ſait, s'il ne vouloit pas vanger une maîtreſſe diſgraciée, ou ſervir une favorite en eſpérance? Il eſt clair du moins que ſans ceſſer d'être le courtiſan le plus aſſidu, il décria publiquement Gabrielle, sûr de la perdre dans l'eſprit de ſon maître s'il parvenoit à la déshonorer.

Enfin il lui arriva ce qu'il avoit mérité, il ſe perdit lui-même. Henri connoiſſoit trop le cœur humain pour ſe tromper long-tems ſur le caractere de Gabrielle. Vous le voyez, après dix ans d'un bonheur tranquile ſe féliciter encore chaque jour d'avoir rencontré une ame faite pour la ſienne, une ame ſenſible & naïve. Après dix ans, il loue ſa maîtreſſe ſur ſa *douceur* & ſon *égalité;* que demandez-vous de plus? Voulez-vous ſavoir ce que penſe d'elle l'homme le plus avare de ſon eſtime, le plus diſpoſé à combattre avec force & même avec dureté les foibleſſes de ſon Prince? Saiſiſſez le moment où Sulli eſt emporté par un premier élan du cœur, vous l'entendrez dire à Henri *que cette femme étoit digne de ſon attachement par mille bonnes qualités.*

Cet aveu que la vérité ſeule pouvoit arracher à Sulli eſt un hommage qu'il devoit à Gabrielle. Un Hiſtorien a dit que ſouvent elle donnoit au Roi de bons conſeils ; l'exemple que j'en vais citer en ſera la preuve; & c'eſt de Sulli lui-même que je l'emprunte.

Sulli ne jouiſſoit pas encore de toute la faveur du Monarque ; alors pluſieurs rivaux l'emportoient ſur lui. Il avoit eu des démêlés très-vifs avec le Duc de Nevers & tous les Membres du Conſeil. Le Comte de Soiſſons & la Sœur même du Roi, le déteſtoient. Le Chancelier, amant de la tante de Gabrielle (choſe qu'il eſt à propos de remarquer), le Conetable, les Miniſtres, toute la Cour enfin étoit liguée contre lui ; on étoit parvenu à l'exclure du Conſeil des Finances. Déja même Henri commençoit à ſe perſuader que Sulli n'étoit pas propre à cet emploi, & lui avoit dit qu'il lui en chercheroit un autre; & c'étoit ce que Sulli déſiroit. Gabrielle eut ſeule le courage de s'y oppoſer: Sulli n'étoit point ſon ami; peut-être étoit-il le ſeul dont elle ne pût pas eſpérer de faire ſon complaiſant; mais elle ſentoit les beſoins de la France, & elle aimoit la gloire de ſon amant.

Choqué d'une réponſe fiere de Sulli, Henri revint la trouver. Malgré les repréſentations de

Gabrielle, Henri perſiſtoit à dire *qu'il ne vouloit pas ſe mettre tout le monde à dos pour lui ſeul.* Que va lui répliquer cette femme douce & naïve? Ce qui feroit honneur à une ame forte, à un ſage politique. » Sire vous ne ſerez, dit-t-elle, » jamais bien ſervi que par un homme que le » pur motif de l'intérêt public fait agir & qui » ne craint ni la haîne des Financiers, ni le » crédit de leurs protecteurs ».

Telle étoit la femme que vouloit élever au Trône un Roi qui aimoit tendrement ſon peuple. Une mort violente enleva à la fleur de ſon âge cette Maitreſſe adorée : Henri en porta le deuil ; toute la Cour ſuivit ſon exemple; il la pleura long-tems & la regretta toute ſa vie.

Il me reſte maintenant à parler, non de ma Tragédie (je ne chercherai point à prévenir le jugement du public) mais du nouveau Théâtre ſur lequel elle vient d'être repréſentée. On doit voir avec plaiſir ſe former, ſous les yeux même de la Cour, un établiſſement fixe que l'on veut compoſer des meilleurs Acteurs de la Province & des Cours étrangeres. On ne ſçauroit trop applaudir à la courageuſe émulation de la directrice. La réſolution où elle eſt de donner fréquemment de nouvelles Pièces de Théâtre doit produire plusieurs biens à la fois ; le premier, de perfectionner le jeu des Acteurs en leur fesant faire de plus grands efforts parce qu'ils sont obligés de créer leurs rôles, parce que les répétitions des Pièces nouvelles se font toujours avec plus de soin & sous les yeux des Auteurs ; le second, d'enflammer l'ame des Auteurs que de petites intrigues doivent dégrader, si de trop longs retards ne les découragent ; le troisieme, qui me paroit plus important & auquel il me semble qu'on ne fait pas assez d'attention, c'est d'exercer d'une maniere plus sûre le jugement & la sensibilité des jeunes personnes pour qui le spectacle est à présent une partie intéressante de l'éducation. C'est aux premieres représentations surtout qu'on apprend à juger les Pièces de Théâtre, & comme toutes les combinaisons de ces sortes d'Ouvrages sont fondées sur le cœur humain, on ne parvient à les bien connoître, qu'en refléchissant sur soi-même & sur les devoirs respectifs de la société. J'ai peine à concevoir comment dans de grandes Villes, telle que Rouen, Lion, Bordeaux, &c. où l'on porte une attention particuliere sur les spectacles, où l'on a élevé à grands frais des Salles dignes de la Capitale, on puisse négliger encor d'y attirer les Auteurs Dramatiques. Si je pouvois m'étendre d'avantage ſur cet objet, il ne me ſeroit pas difficile de prouver que l'Art Dramatique eſt le pere de tous les Arts en France, que c'eſt à lui qu'ils ont dû leur perfection à Paris, & que ce qu'il a fait dans la Capitale, il le feroit de même dans les principales Villes du Royaume.

Mais je reviens au nouvel établiſſement de Verſailles (*), & je vais inſérer ici la lettre que Mademoiſelle de Montenſier écrit à ce ſujet.

---

(1) Je n'ai qu'à me louer infiniment des Spectateurs, de la Directrice & des Acteurs. Je dois applaudir au zèle & aux talents de ces derniers. Ma Pièce a été jouée avec beaucoup d'enſemble & ſans déclamation.

Le plus grand nombre des Actrices aujourd'hui, ſemble ne faire cas que des rôles *de morgue* & *de paſſions fortes*, c'eſt-à-dire, que leur jeu ne differe de celui des hommes que parce qu'il eſt plus forcé. J'avoue que le ton décent, qui ſied ſi bien aux femmes, devient de jour en jour plus rare dans la ſociété; mais il a preſque diſparu du Théâtre. Je ne m'en ſuis point apperçu dans le rôle de Gabrielle: j'ai retrouvé dans Mlle. Pitrot, les graces & la douce ſenſibilité du perſonnage qu'elle repréſentoit. Le rôle de Henri IV, offroit de plus grandes difficultés à l'Acteur qui en étoit chargé. Il l'a rendu avec une extrême vérité; il a déployé les reſſources d'un homme qui a fait une grande étude de ſon Art.

A Meſſieurs les Auteurs Dramatiques.

MESSIEURS,

» Un privilége excluſif accordé par Louis XV, & ratifié par Louis XVI, lors de ſon ſacre; des Lettres-patentes enregiſtrées au Parlement; l'autenticité de ces titres qui aſſurent les propriétés des citoyens, m'ont portée à acheter un terrein ſur lequel j'ai fait bâtir une ſalle de ſpectacle, dont le goût mérite & obtient le ſuffrage des artiſtes. Je ne vous expoſe, Meſſieurs, la ſolidité de mon établiſſement que pour vous engager à ſeconder mon zele en favoriſant une entrepriſe qui peut vous ouvrir un nouveau ſentier à la gloire; le ſeul moyen de conſerver au théâtre nátionnal la ſupériorité ſur tous les autres, eſt d'exciter l'émulation de Meſſieurs les Auteurs dramatiques. C'eſt aux productions nouvelles que les Acteurs doivent ſouvent le développement de leurs talens & le mérite d'être créateurs. Je vous invite donc, Meſſieurs, à faire jouer vos ouvrages ſur un Théâtre honoré quelquefois de la préſence de la Cour la plus auguſte; quel motif pour vous déterminer à m'accorder vos ſecours.

Les bons Acteurs deviennent de jour en jour plus rares. Les appointemens les plus diſpendieux ont ceſſé de me le paroître. Je ſais quel eſt ſouvent la diſtance du zele au ſuccès; mais je n'épargnerai rien pour les Acteurs, je ne négligerai rien pour que les piéces ſoient données avec la plus grande exactitude & avec toute la pompe qu'elles ſeront dans le cas d'exiger.

Ces avantages réunis, Meſſieurs, m'ont parus dignes de mériter votre confiance & pour vous prouver celle que vous m'inſpirez, je vous prie de vouloir bien faire vous-mêmes les réglements particuliers au Théâtre de Verſailles.

J'ai l'honneur d'être :

MESSIEURS,

Votre très-humble
& très-obéiſſante ſervante,
DE MONTENSIER.

A Verſailles ce 12 Mars 1778.

Je crois devoir vous prévenir, Meſſieurs, que je vas faire repréſenter inceſſamment une Tragédie du Grand Corneille, au profit de ſa petite Niéce, j'aurai l'honneur de vous prévenir du jour.

ÉPITRE MORALE;

AUX

JOLIES FEMMES.

J'AI voulu tracer le modele
Des bons Rois & des vrais Amants;
Henri partagea ſes moments
Entre ſon peuple & Gabrielle:
Gabrielle dont la candeur,
Et dont les yeux pleins de langueur
Annonçoient une ame ſi belle,
La ſeule dont il eut le cœur,
Et qui, je crois, lui fut fidèlle.

Que le plus grand des Potentats
Dans ſes mains porte le tonnerre,
Faſſe la Paix, faſſe la Guerre,
Et des heureux, & des ingrats;
Que devant lui tremble la terre:
Il eſt un pouvoir plus flatteur
Qu'on ne doit point à la Couronne,
Et ce pouvoir, Sexe enchanteur;
C'eſt la beauté qui vous le donne;

Non la froide & fière beauté,
Qu'au premier coup d'œil on admire;
Et qui se rend par vanité;
Mais qui ne connoît, qui n'inspire,
Ni l'amour, ni la volupté.

Ses grands yeux, ses lèvres de rose,
Et les contours bien arrondis
D'un sein, qui tristement repose,
Taille élégante, teint de lys,
Je l'avouerai, sont quelque chose;
Cependant, fier de ce trésor,
On desire, on exige encor.
Quoi, direz-vous? Le don de plaire.

C'est lui qui donne à vos appas
Une valeur moins arbitraire,
Un pouvoir que les Rois n'ont pas,
Pouvoir qui semble involontaire,
Le dernier charme qui périt,
Qui tient aux graces de l'esprit,
Et plus encor au caractère.

Voilà bien l'unique enchanteur
Dont jamais on ne se defie;
C'est lui qui remplit notre cœur,
D'une constante idolâtrie,

Et qui, pour fixer le bonheur,
Sous mille formes ſe varie :
Il donne au plus ſimples diſcours
D'une Beauté douce & naïve,
Ce ſentiment vrai, qui toujours
Va ſaiſir notre ame attentive,
Je ne ſais quel art innocent
Qui nait de la délicateſſe,
Et cette inſinuante adreſſe
Qui commande, en obéiſſant.

Telle fut la belle d'Eſtrée :
Pour plaire, pour être adorée,
Et pour enchaîner la faveur,
L'adreſſe qu'elle s'eſt permiſe;
C'eſt de régner avec douceur,
Toute la peine qu'elle a priſe ;
C'eſt de laiſſer agir ſon cœur.

En uſurpant le même empire,
Verneuil (*), ne voulut que ſéduire.
Voyez ſes efforts aſſidus
Pour feindre tout ce qui nous charme;
Remarquez comme tout l'alarme,
Dans les pièges qu'elle a tendus,

(*) La Marquiſe de Verneuil, liſez l'Hiſt. de Henri IV.

Et comme elle flotte incertaine ;
Dans les tourments d'une ame vaine ;
Qui ſent qu'on ne l'eſtime plus,
Quand cette agaſſante Sireine,
Prude & coquette, humble & hautaine,
Par des faveurs & des refus,
Entretient ce flus & reflus,
Qui nous repouſſe & nous ramène.

Gabrielle goûtoit en paix
Les doux fruits d'un amour durable :
Avec plus d'art, autant d'attraits,
Verneuil, l'as-tu ſenti jamais
Ce plaiſir pur & déſirable ?

Vous qui brillez par vos apas,
Vous voyez, dans un rang plus bas,
L'abus que vous en pouvez faire ;
Si l'art ſeme de quelque fleurs
Les premiers pas de la carière,
Vos ſuccès feront vos malheurs.
Craignez les perfides douceurs
Dont la ſuite eſt toujours amere ;
Craignez les conſeils ſéducteurs
D'une ſcience menſongere.
Eh comment régner ſur les cœurs

Sans que le cœur ne vous éclaire ?
Par de ſubtils déguiſements,
Pourquoi trahir les mouvements
D'une ame délicate, honnête ?
Ne cherchez point, à contre-tems,
L'amour dans les emportements,
Et le ſentiment dans la tête.

La Beauté vous égale aux Rois :
Pour donner des loix à la terre,
Deux moyens ſont à votre choix,
L'art de ſéduire & l'art de plaire.
Diſtinguez bien leurs attributs,
Vous affermirez votre empire :
Par des défauts on peut ſéduire,
On ne plait que par des vertus.

FIN.

PERSONNAGES.

HENRI IV.

GABRIELLE D'ESTRÉES.

LA MARQUISE DE SOURDIS, *Tante de Gabrielle.*

SULLY.

SILLERY.

AMELIE.

UN OFFICIER DES GARDES DU CORPS.

TROUPE DE GUERRIERS, DE COURTISANS ET AUTRES PERSONNAGES.

La Scène est au Louvre.

GABRIELLE D'ESTRÉES, TRAGÉDIE.

ACTE PREMIER.

SCENE PREMIERE.

GABRIELLE D'ESTRÉES, LA MARQUISE DE SOURDIS.

SOURDIS.

RENDONS graces aux cieux : le calme enfin renaît;
Le Vatican s'appaise & sa foudre se tait.
Cet aliment sacré des discordes civiles,
L'anathême est levé : les Ligueurs plus dociles

Rappellent dans nos murs le Vainqueur adoré.
Entendez-vous Paris, à ſes tranſports livré,
D'un Conquérant, d'un pere exalter la clémence?
On veut, pour aſſurer le Trône de la France
Au pur ſang des Bourbons, ſi fertile en Héros,
Que ce Roi de l'Hymen rallume les flambeaux;
Sachez me ſeconder, & ſa main triomphante
Ceint du bandeau Royal le front de ſon amante.

GABRIELLE.

Que j'ouvre ſur le Trône un œil ambitieux!
Moi! que j'oſe aſpirer à ce rang glorieux!
Que me propoſez-vous? Pouvez-vous bien, cruelle,
Nourir d'un fol eſpoir le cœur de Gabrielle?

SOURDIS.

Votre eſpoir eſt fondé: rappellez-vous ces jours
Où les premiers ſerments conſacroient vos amours;
Henri méconnu, ſeul, & ſourd au bruit des armes
Franchiſſoit les deux camps pour admirer vos charmes.
Depuis nous préſentant un front victorieux,
Satisfait d'obtenir un regard de vos yeux,
Il me diſoit; » Sourdis, croyez en ma tendreſſe,
» Ma vie eſt attachée aux jours de votre nièce;
» Quand Paris de la paix goûtera la douceur
» M'unir à Gabrielle eſt le vœu de mon cœur.

GABRIELLE.

Le peut-il ſans bleſſer l'orgueuil du rang ſuprême?
J'ai pris trop de plaiſir à m'abuſer moi-même;
Mais il étoit proſcrit, abandonné, trahi,
Je pleurois ſes malheurs en m'attachant à lui.
En vain l'Europe entiere admiroit ſon courage,
En vain, pour diſputer un ſanglant héritage,
Dans les plaines d'Yvry, d'Aumale, & de Coutras;
Par des faits immortels il ſignaloit ſon bras,

L'instant de la victoire, eut pour moi peu de charmes :
Chacun de ses exploits me coûtoit tant de larmes.
Ses périls par l'amour accrus, multipliés
Nuit & jour poursuivoient mes esprits effrayés.
Combien il redoubloit mon horreur pour la guerre !
C'est par d'autres vertus qu'il avoit sçu me plaire.
Quand il vint, ce Héros, tomber à mes genoux
Il attira mon cœur par un charme si doux,
Il me parut si vrai, si bienfaisant, si tendre !
Pouvois-je m'arracher au plaisir de l'entendre ?
Que vous dirai-je enfin ? J'oubliois qu'il fût Roi.
Je reçus ses sermens, & lui donnai ma foi.
Son peuple enfin l'adore, il est vainqueur, il m'aime.
Eh ! que j'emprunte, ou non, l'éclat d'un Diadême !
En serai-je plus tendre, ou plus belle à ses yeux ?
Ce maître de mon cœur m'en aimera-t-il mieux ?

SOURDIS.

Par un second hymen on attend qu'il se lie,
Hâtez-vous de remplir les vœux de la Patrie.
Si la nécessité, ce fier tyran des Rois,
Sur un autre que vous faisoit tomber son choix
Prévoyez-vous les maux que vous avez à craindre ?

GABRIELLE.

Je les ai mérités ; je n'ai point à m'en plaindre.
Hélas ! je compte peu sur mes foibles attraits ;
Mais à d'autres que moi, s'ils s'unissoit jamais,
De ma douleur muette en secret consumée,
Je cesserois de vivre en cessant d'être aimée.

SOURDIS.

Eh bien ! que tardez-vous à consacrer vos nœuds ?
Vous rendrez son amour aussi durable qu'eux.

GABRIELLE.

Le feu de la diſcorde eſt encor ſous la cendre:
Juſqu'au Trône élevés, & honteux d'en deſcendre,
Ces Ligueurs, dont l'orgueil bravoit un ſi grand Roi,
Pouront-ils ſe réſoudre à fléchir devant moi ?
Et cet hymen, ce rang dont m'exclut ma naiſſance
Je les devrois peut-être aux malheurs de la France!
Plutôt mourir cent fois.

SOURDIS.

Quelles vaines terreurs!
Ne ſaurez vous jamais prévoir que des malheurs ?
Pour un Roi triomphant d'où naiſſent vos allarmes ?
Le hazard a-t-il fait le ſuccès de ſes armes ?
A nos yeux ſi longtemps ſes drapeaux déployés,
L'Eſpagnol abattu, les Ligueurs foudroyés,
Ont-ils encouragé l'audace & la licence
A braver ſa colere, en laſſant ſa clémence ?
S'il eſt encor un cœur rébele à ſes bienfaits,
Du moins, croyez qu'il tremble au bruit de ſes hauts faits?
Quels ſont les ennemis que vous craignez encore ?
La France eſt à vos pieds, & ſon Roi vous adore;
De l'éclat d'un grand nom les Guiſes ſi jaloux,
Par les liens du ſang veulent s'unir à vous;
Pontifes, Magiſtrats, & Guerriers, tout vous aime,
Et vous n'avez enfin contre vous que vous-même;
Il eſt vrai que Sulli, ce Miniſtre orgueilleux,
Dur Cenſeur de ſon Maître, a condamné ſes feux:
Mais le peuple & la Cour, Proteſtant, Catholique,
Tout fléchit à regret ſous ſon joug tyrannique,
Blame ſon avarice, & ſes ſauvages mœurs,
Et déja juſqu'au Trône a porté ſes clameurs.
Tandis qu'il eſt en butte aux coups de la tempête,
C'eſt à vous d'attirer la foudre ſur ſa tête:
Que Sulli diſparoiſſe, & le Trône eſt à vous.

GABRIELLE.

Moi, grand Dieu ! Qu'écoutant un injuste courroux
J'ose... mais je le vois ; vous m'éprouvez, Madame ;
Jamais un tel dessein n'est entré dans votre ame.
Non. Je n'aurai jamais l'aveugle ambition
D'avilir ce que j'aime en régnant sous son nom,
Et je plains le cœur dur de ces femmes hautaines
Qui pensent de l'Etat devoir tenir les rênes,
Qui plaisent sans aimer, qui s'en font une loi,
Yvres du fol orgueil d'avoir séduit un Roi.
Que mon sort est plus beau, que mon ame est plus fière !
A l'objet de mes feux je m'abandonne entiere ;
Je ne sens que par lui la joie & le bonheur,
Et si je veux régner, c'est au fond de son cœur.

SOURDIS.

Cedez donc aux transports d'un amoureux délire ;
Mon cœur, je l'avouerai, vous plaint & vous admire,
Vous ne connoissez pas, l'inflexible Sulli,
Mais s'il cherche à nous nuire, au moins opposons lui,
Silleri dont le zele & la souplesse extrême,
Peuvent... J'entens du bruit ; c'est Sillery, lui-même.
Qui peut avoir causé le trouble où je le voi ?

SCENE II.

GABRIELLE, SOURDIS, SILLERY.

SILLERY.

Pour vous entretenir j'ai devancé le Roi,
Madame il faut s'armer d'un généreux courage;
Il faut, ou fuccomber, ou conjurer l'orage:
De nouveaux ennemis s'élèvent contre vous.
(Que l'aveu que je fais foit fecret entre nous)
L'hymen à votre amour donnoit une rivale
Dont la haine aujourdhui vous devient plus fatale.

GABRIELLE.

Quoi? La fœur des Valois!

SOURDIS.

Quand fes nœuds font rompus,
Elle ofe réclamer des droits qu'elle n'a plus?

SILLERY.

Sachez que dépouillé d'un double Diadême
Son front menace encor le Monarque & vous-même,
Et que l'or de Madrid, répendu dans ces lieux,
Souleve, contre vous, un peuple injurieux.
Je frémis à la fois pour vous & pour la France;
On aura cru, Madame (ou du moins, je le penfe)
Ne pouvoir étouffer du fanatifme affreux,
Et de nos longs débats les reftes dangereux
Sans former un hymen plus dangereux encore;

Henri s'allie au ſang qu'en ſon cœur il abhorre,
A Médecis.

GABRIELLE.

Dieu!

SILLERY.

Rome à ces nœuds applaudit.

SOURDIS.

Voilà ce que j'ai craint.

GABRIELLE.

Le Roi vous l'a-t-il dit?

SILLERY.

Le Roi, juſqu'à ce jour, m'en a fait un myſtère,
Madame; mais j'ai ſçu d'un ſecret émiſſaire
Que de ce grand hymen le Toſcan s'eſt flatté,
Qu'entre l'Eſpagne & nous d'un ſi honteux traité
La paix ſera le prix; que faut-il davantage?
Pour nous, dans l'avenir, quels malheurs j'enviſage!
Ciel! tu veux donc qu'un ſang ſi fatal aux Valois,
Le ſang des Médicis, nous donne encor des loix!
Croyez que ſi mon Prince avoit daigné m'inſtruire
D'un deſſein ſi nuiſible au bien de ſon empire,
Si contraire à lui-même, & ſurtout à vos vœux
Je l'aurois détourné de ces funeſtes nœuds.

GABRIELLE.

Ne craignez point ces nœuds: croyez en Gabrielle;
Il ne formera point une chaîne nouvelle;
Quels infidéles bruits oſez-vous répéter?

SILLERY.

Je me croirois heureux de pouvoir en douter.

SOURDIS.

Mais enfin...

GABRIELLE.

Arrêtez : vous déchirez mon ame.

SILLERY.

Je n'ai pu me résoudre à vous tromper, Madame.

GABRIELLE.

Ciel ! Eh quoi ! Le plus grand, le plus juste des Rois
Dont la clémence auguste embellit les exploits,
Dont la droiture impose à ses ennemis même,
Auroit la cruauté de tromper ce qu'il aime !
S'il est vrai qu'il trahit les sermens les plus saints,
Qui peut compter jamais sur le cœur des humains ?
Que dis-je ; hier encor j'ai lû dans sa pensée ;
Mes yeux, parmi les flots d'une Cour empressée
Ne l'ont vu qu'un moment ; mais ce Prince adoré
A fait parler les siens d'un air si pénétré,
Un mot m'a si bien peint sa tendresse éloquente :
Croyez-vous qu'aisément on abuse une Amante ?
Henri de mon erreur n'eût pas long-tems joui ;
Quand sa bouche parloit, ses yeux l'auroient trahi.
Oui, je connois son cœur, incapable de feindre ;
Oui, le mien m'en assure, & je n'ai rien à craindre ;
C'est vous seul que l'on trompe, afin de m'allarmer.
Eh comment ? & pourquoi cesse-t-il de m'aimer ?
On vous l'a fait entendre : est-ce assez pour le croire ?
Songez-vous qu'en parler, c'est offenser sa gloire ?

Que m'importent Florence & le Peuple & la Cour;
L'estime dans mon cœur est égale à l'Amour,
Et loin de soupçonner le Héros que j'adore,
Quand il vous l'auroit dit, j'en douterois encore.

SOURDIS.

Ah! cessez d'affecter ce doute injurieux,
Et déchirez le voile étendu sur vos yeux.

SILLERY.

Souffrez sur votre amour que mon cœur vous rassure.
Des charmes si touchans n'ont point fait un parjure.
Du cœur de votre amant ils pourroient s'effacer!
Non sans doute & jamais je n'osai le penser;
Mais il vous est connu: vos yeux l'ont vu, Madame,
Au milieu des transports de sa naissante flamme,
A vos pieds prosterné, contemplant vos appas,
Il entendoit la gloire & voloit aux combats:
Maintenant que la paix vient de secher vos larmes,
Vous ne redoutez plus de semblables allarmes;
Cependant si la gloire, en des momens si doux,
Plus forte que l'amour l'entraîna loin de vous;
Croyez que, dans son cœur, le bonheur de la France,
Sur la gloire elle-même emporte la balance,
Que tout rempli qu'il est de l'ardeur de ses feux
Il se doit à son peuple & veut le rendre heureux;
Qu'enfin s'il a pensé que cet hymen funeste
Des troubles intestins pût étouffer le reste;
Dût-il, avec horreur, s'avancer aux autels,
Dût-il, le cœur en proie à des tourmens cruels,
Mourir du seul regret de perdre ce qu'il aime,
Son cœur est assez grand pour s'immoler lui-même.

GABRIELLE.

Croit-il que cet effort ſoit au-deſſus de moi?
Fallût-il renoncer à l'amour de mon Roi,
Vous me verriez mourir avant que de m'en plaindre;
Mais comment chaque jour s'abbaiſſe-t-il à feindre,
En venant à mes yeux s'applaudir de ſon choix?
Eh quoi? tous ſes ſermens, répetés tant de fois,
Flattent d'un faux eſpoir ſon amante abuſée.
Je n'en aurai jamais la coupable penſée...
Quel trouble cependant s'éleve dans mon cœur?
Un noir preſſentiment me glace de terreur.
Ah! malheureuſe! on veut m'enlever ſa tendreſſe,
Et ſans doute ces feux, ce charme, cette ivreſſe
Qu'il m'a fait éprouver dans tous nos entretiens,
Ils étoient dans mes yeux, je les crus dans les ſiens.
Il venoit m'annoncer que ſa foi m'eſt ravie,
Sa foi, l'unique bien qui m'attache à la vie;
Il craint de m'arracher un eſpoir trop flatteur;
Il ſent quelques remords à déchirer mon cœur.
En effet, plus j'y penſe & plus je me rappelle
Les funeſtes retours de ſa pitié cruelle,
Son trouble, ſa rougeur & ſes regards confus,
Ses diſcours commencés, toujours interrompus,
Tout enfin m'annonçoit les combats de ſon ame,
Et le dernier ſoupir dont il payoit ma flamme.
Vous dites qu'étouffant les plus tendres regrets
Il peut s'immoler même au bien de ſes ſujets,
Il aura tout promis.

SOURDIS.

Quel funeſte langage!
Ecartez, Gabrielle, un ſoupçon qui l'outrage.

Tour-à-tour par la brigue & l'amour balancé,
Il en gémit sans doute & n'a pas prononcé.

GABRIELLE.

Il devoit m'estimer assez pour m'en instruire;
Mais nourrir un amour que je voulois détruire.
Lui qui sait l'ascendant qu'il a pris sur mon cœur,
Que le voir, que l'aimer, suffit à mon bonheur,
Dans le moment fatal où le sort nous sépare
Des plus tendres sermens se faire un jeu barbare.
Devoit-il me punir de l'avoir trop aimé?
Qu'il offre aussi ma vie à son peuple allarmé;
Le sacrifice est prèt, il faut qu'il s'accomplisse
Et que sa haîne encor soit mon dernier supplice.

SOURDIS.

Quel bruit! quels cris soudains jusqu'au Louvre portés?
Ramenent Amelie à pas précipités.

SCENE III.

GABRIELLE, SOURDIS, SILLERY, UN CITOYEN *préſenté par* AMELIE.

LE CITOYEN.

HATEZ vos pas, Seigneur, Henri vient de paroître.
Mes yeux l'ont reconnu ; Paris revoit ſon maître.
Le ſalpêtre enflâmé tonnant ſur nos remparts,
Les tambours, les clairons, l'airain de toutes parts
Au loin retentiſſant, la pompe, la richeſſe,
Les flots nombreux du peuple & ſes chants d'allegreſſe,
Tout annonce à l'envi, tout célèbre à la fois,
Le plus grand, le plus cher, & le meilleur des Rois.
Croirai-je qu'il redonne une Reine à la France
Le peuple en ſes tranſports célebre une alliance
Qui va, dit-on, bornant le cours de nos débats,
D'une Reine étrangere honorer nos climats.

(Elle s'éloigne, le Citoyen ſe retire.)

SOURDIS.

Sulli fait ſeul ici parler la voix publique
Et ſous le voile heureux d'un hymen politique
Dans un piege perfide il veut vous engager ;
C'eſt à vous de courir au-devant du danger.
Contre vos ennemis oſez vous faire entendre
Et me laiſſez après le ſoin de vous defendre.
Tremblez, ſi votre cœur balance un ſeul moment ;
Vous perdez à la fois le trône & votre amant.

GABRIELLE.

Je rends grace à vos ſoins, laiſſez agir leur zèle.

SOURDIS.

Ah ! cachez-moi vos pleurs, ma chere Grabrielle.
Vous croyez à l'État immoler votre amour.
Que je plains votre ſort ! vous verrez donc un jour
S'accroître, par degrés, la faveur d'une épouſe
Dont le cœur dévoré d'une haine jalouſe,
Va ſe faire un plaiſir d'étaler à vos yeux
La ſplendeur de ſon rang, ſon triomphe orgueilleux.
La Cour ſe vengera du pouvoir de vos charmes ;
Sous une pitié feinte on épiera vos larmes,
Pour vous noircir aux yeux d'un Monarque abſolu ;
Vous n'y pourrez ſurvivre, & vous l'aurez voulu.

GABRIELLE.

De l'ingrat qui m'outrage uniquement charmée,
Le plus grand de mes maux fut de m'en croire aimée.

SILLERY.

Je ſens combien votre ame a lieu de s'affliger,
Mais daignez m'écouter, votre ſort peut changer :
On peut....

GABRIELLE.

Non, de vous ſeul j'aurois du me défendre,
Il m'en a trop couté déjà pour vous entendre ;
Non ; gardez vos conſeils ; je n'en veux recevoir
Que de mon amour ſeul ou de mon déſeſpoir.

SCENE IV.

SOURDIS, SILLERY.

SILLERY.

FAUT-IL que devant vous je rompe le ſilence ?
Madame, ſon dépit, & votre indifference,
Le ſoin que vous preniez d'irriter ſa douleur,
D'appuyer ſur le trait qui lui perce le cœur,
Et même en ce moment votre ſubitte joie,
En un mot, tout me dit ce qu'il faut que je croie.

SOURDIS.

Enfin nous ſommes ſeuls ; je peux vous raſſurer ;
Je ſçavois ce projet que j'ai feint d'ignorer ;
On appelle, à grands cris, une étrangere au trône,
C'eſt moi qui l'ai ſemé, ce bruit qui vous étonne.
De Sulli ſourdement j'ai ſecondé les vœux,
Et du premier hymen j'ai fait rompre les nœuds.
Je punirai Sulli de ſon audace vaine ;
Le piège eſt ſous ſes pas, & ſa chûte eſt prochaine ;
Henri, par mes diſcours irrité contre lui,
Croira tout ; mais il faut appuyer aujourd'hui
Les ſoupçons qu'en ſon cœur mon adreſſe a fait naître.

SILLERY.

Je me perdrois moi-même, & vous nuirois peut-être.
Diſſimuler, Madame, eſt le grand art des Rois ;
Ne vous y trompez pas : nous l'avons vu cent fois
Impénétrable aux yeux d'une Cour qu'il éclaire,
S'armer contre Sulli d'une feinte colère,

Flatter les mécontens dans leurs cris indiſcrets,
Des plus ſombres complots pénétrer les ſecrets,
Et recueillant le fruit d'un utile artifice,
Renverſer d'un ſeul mot tout ce frêle édifice;
Mais pourquoi de Sulli favoriſant les vœux,
Répandre dans Paris des bruits ſi dangereux?

SOURDIS.

Henri ſait qu'à ſes feux Sulli toujours contraire
Veut ſe parer d'un zele audacieux, ſevere;
Henri de ce complot ſoudain va s'indigner;
Quel autre que Sulli poura-t-il ſoupçonner?
Ce tyran de ſon Maître eſt loin de ſa préſence,
Croyez-vous qu'il échappe à ma prompte vengeance?

SILLERY

Et ſi par ſon retour il trahit votre eſpoir?

SOURDIS.

J'ai des reſſorts tout prêts & je les fais mouvoir.
Je vous dirai bien plus; peut-être aujourd'hui même,
Ma nièce ſur ſon front ceindra le diadême.

SILLERY.

Madame, cet hymen eſt trop précipité;
Le ſang des Médicis, du même eſpoir flatté,
Peut dans un piége adroit attirer Gabrielle;
Je crains leur politique & profonde & cruelle;
Je crains Rome ſurtout pour ces nouveaux liens.
Déjà l'Egliſe en deuil offre aux yeux des Chrétiens
Le lugubre appareil de ſes plus ſaints myſtères.
Ces nœuds l'ont irritée en des tems moins auſtères;
Songez que de ſon ſein autrefois rejetté,
Et de nouveau par elle avec peine adopté,

Henri peut voir encor, par la Ligue enhardie,
Rallumer dans la France un plus vaſte incendie.

SOURDIS.

Rome à qui l'Eſpagnol oſe impoſer des loix,
Inſulte par foibleſſe au plus vaillant des Rois,
Mais Philippe en ſecret eſt l'objet de ſa haîne;
Henri peut l'affranchir du tyran qui l'enchaîne:
Que Rome, conſumée en efforts ſuperflus,
Approuve cet hymen & ſes fers ſont rompus.
L'or aux plus fiers ligueurs impoſera ſilence;
Tout fléchira. Zamet que vit naître Florence,
Attaché maintenant à mes ſeuls intérêts,
Trompe les Médicis & me vend leurs ſecrets.

SILLERY.

Ne vous repoſez pas ſur la foi de ce traître,
Feignant de vous ſervir, il vous trahit peut-être.

SOURDIS.

Je le trompe lui-même. Enfin tout eſt prévu;
Et je touche au moment ſi longtems attendu.
Je redoute un long calme autant que le naufrage.
Pour arriver au port j'oſe affronter l'orage.
Surs que les feux du Roi redoublent chaque jour,
Par un dernier obſtacle irritons ſon amour.
Allons encourager ſon amante éperdue
A gémir, à ſe plaindre, à s'offrir à ſa vue:
Du peuple au même inſtant il entendra la voix:
C'eſt en vain que Sulli veut combattre ſon choix.
L'amour perſécuté n'en a que plus de charmes.
Vous verrez de quel œil il ſoutiendra ſes larmes;
Vous verrez ſi ſon cœur, un moment indécis,
Oſera balancer entre elle & Médicis.

Fin du premier Acte.

ACTE

ACTE II.

SCENE PREMIERE.

HENRI.

Entrée de Henri, précédé de ses principaux Officiers, du Prévôt des Marchands & des Echevins. Le Comte de Brissac, Gouverneur de Paris, présente les clefs de la Ville, les Ducs de Guise & de Mayenne se jettent aux pieds du Roi.)

GUISE, relevez-vous ; embrassons-nous, Mayenne,
Je veux votre amitié ; je vous offre la mienne.
(*En lui donnant le bâton de Maréchal de France.*)
Vous, Brissac, recevez le sceptre des Guerriers,
Et pleurons tous, amis, sur nos tristes lauriers.
C'en est fait, de nos cœurs la discorde est bannie ;
Ce jour est le plus grand, le plus beau de ma vie.
Cet accord unanime, & si doux pour un Roi,
Ces regards satisfaits qui s'attachoient sur moi,
Ce pompeux appareil, un plus flatteur hommage,
De l'amour des Français éclatant témoignage,
Tous ces cris, ces transports, cet abandon du cœur
M'ont fait sentir des Rois le suprême bonheur :
Je n'en avois, amis, jamais connu les charmes :
Tout mon cœur s'est ému ; j'en verse encor des larmes.

Que ces pleurs me ſont chers ! Que j'aime les Français !
Que j'aurai de plaiſir à combler de bienfaits
Ce peuple qui pour moi, brûle d'un ſi beau zèle !
Si ſa haine affligea ma bonté paternelle,
Que dans un ſeul inſtant ſon amour empreſſé
De tous mes longs travaux m'a bien récompenſé !
Vous, Biron, commandez aux rives de la Saone,
Leſdiguieres, aux bords de l'Izer & du Rhône.
Rohan, Montmorenci, la Trimouille, Bouillon,
Marſillac, Ventadour, & toi, brave Crillon,
Compagnons de mon ſort, & rivaux de ma gloire,
Il eſt tems d'arrêter le vol de la victoire ;
Oublions les combats, & qu'une heureuſe paix
Répare tous les maux que la diſcorde a faits.

SCENE II.

HENRI.

Enfin, je reverrai ma chere Gabrielle ;
Tout mon bonheur dépend & de mon peuple & d'elle,
Et dans cet heureux jour, amant, vainqueur & Roi,
Mes vœux ſont accomplis : tous les cœurs ſont à moi.

SCENE III.

HENRI, SOURDIS.

SOURDIS.

Souffrez que partageant la commune allégresse,
J'ose de mes transports faire éclatter l'yvresse.
Elevé par vous-même au faîte des grandeurs,
Que vous méritez bien l'hommage de nos cœurs!
Vos exploits éclatants, votre rare clémence....

HENRI.

Madame, pardonnez à mon impatience:
A me féliciter tout s'empresse en ces lieux
Et Gabrielle encor semble éviter mes yeux.

SOURDIS.

Votre bonheur à peine est égal à sa joie;
Pour vous la témoigner c'est elle qui m'envoie.

HENRI.

Quel obstacle imprévu peut arrêter ses pas?
Vous vous troublez, Madame, & ne répondez pas!

SOURDIS.

Gabrielle, Seigneur, peut seule vous l'apprendre.
(*Avec affectation.*)
Aux ordres de son Maître elle est prête à se rendre

HENRI.

Son Maître, quel langage! Est-il donc fait pour moi?
Ne verra-t-on toujours qu'un Maître dans son Roi?

Ce titre ambitieux, préſent de la fortune,
Sans l'amour des Français, m'afflige & m'importune,
Et Gabrielle ſçait ſi jamais, un moment,
Le Maître a prétendu faire oublier l'amant;
Mais, banniſſez la feinte, avouez moi, Madame,
Quel eſt l'ennui ſecret qui peut troubler ſon ame.

SOURDIS.

J'ai cru que mon devoir étoit de l'ignorer.
Sire, de vos bontés, c'eſt trop nous honorer:
Pardonnez; croyez-en le zèle qui m'inſpire;
Ne la revoyez plus.

HENRI.

O ciel! Qu'oſez-vous dire?

SOURDIS.

Ce qu'on doit à ſon Roi, Sire, la vérité.
Malgré vos feux, jamais mon cœur ne s'eſt flatté,
Jamais je n'ai conçu l'orgueilleuſe eſpérance
De voir ma nièce aſſiſe au Trône de la France.
En vain pour mériter l'honneur de votre choix
Le ſang dont nous ſortons ne le cède qu'aux Rois,
L'intervalle eſt trop grand du ſujet à ſon Maître.

HENRI.

Croyez que mon amour le fera diſparaitre;
Oui vous verrez bientôt, & j'en fais le ſerment,
Le bandeau de vos Rois ſur un front ſi charmant.

SOURDIS.

Quoi, Sire! avant qu'ici la paix ſoit affermie...

HENRI.

Sulli vient ſous mes loix de ranger la Neuſtrie;
Tout fléchit: déja même il revient dans ces lieux.

SOURDIS.

Lui ?

HENRI,

Grace au ciel, ce jour va l'offrir à mes yeux !
Eh quoi ? Vous frémiſſez.

SOURDIS.

Sulli vient-il encore,
Par ſa haine... mais non ; votre amitié l'honore,
Et Sourdis mieux que lui, ſait s'impoſer la loi
De reſpecter au moins les penchans de ſon Roi.
Un plus long entretien affligeroit votre ame ;
Il faut vous l'épargner.

HENRI.

Expliquez-vous, Madame.

SOURDIS.

Ce ſeroit vous porter un coup trop douloureux ;
Non, ne l'exigez pas.

HENRI.

Pourſuivez ; je le veux.

SOURDIS.

Des amis de Sulli la cohorte infidèle
A la haine du peuple a livré Gabrielle :
Je pardonne aux complots qu'ils trament contre nous ;
Mais leur ambition me fait trembler pour vous :
Je n'y ſçaurois penſer ſans être épouvantée :
Jugez à quel excès leur audace eſt montée.
Sur votre liberté, Sire, on oſe attenter ;
On inſulte à vos feux & ſans vous conſulter
Parmi vos ennemis on vous cherche une épouſe ;
On immole d'Eſtrée à leur haine jalouſe ;
Votre hymen eſt conclu.

HENRI.

Quoi, Madame ? Sans moi,
On ose disposer de mon cœur, de ma foi ?

SOURDIS.

Oui, Sire ; en ce moment l'orgueilleuse Florence
S'apprête à redonner une Reine à la France ;
Les flatteurs du Ministre en répandent le bruit.

HENRI.

Et leur Prince est le seul qui n'en soit pas instruit !
Quoi ? J'aurois à rougir d'un si sanglant outrage ?
Non sans doute, on insulte à des Rois sans courage
Qui dorment sur le Trône, & dont les lâches cœurs
Ont autant de tyrans qu'ils comptent de flatteurs.
Mais moi...

SOURDIS.

J'en ai trop dit. J'ai tout lieu de les craindre ;
Cachez-leur ce courroux.

HENRI.

Que je m'abaisse à feindre ?
Ce que mon cœur éprouve, est écrit sur mon front.
Sensible & généreux, mais violent & prompt,
Je leur ferai sentir le poids de ma colere ;
Je veux . . . mais cependant que prétendoient-ils faire ?
A quel dessein les bruits qu'ils viennent de semer ?
Pourquoi ? Quel intérêt a pu les animer ?

SOURDIS.

Eh ! ne voyez vous pas leur détestable adresse ?
On veut qu'à cet hymen la France s'intéresse.
On fait de Médicis un garant de la paix,
De d'Estrée, un obstacle au bonheur des Français :
Ciel ! quel affront pour elle ! ah ! si vous l'aviez vue,
Sire, le cœur frappé d'une atteinte imprévue,

A ce bruit, tout-à-coup répandu dans ces lieux,
A ce bruit qui vous rend si coupable à ses yeux,
De douleur accablée, & fremissant de crainte,
Sans oser contre vous se permettre la plainte,
Formant sur vos amours les plus tendres regrets,
Jurer de vous aimer encor plus que jamais.
Mille complots affreux redoubloient ses allarmes;
La haine triomphante insultoit à ses larmes,
Et l'auteur de ces bruits semés de toutes parts
Va de d'Estrée encor affliger les regards.
Ah! Quand jusqu'à ma nièce un Roi daigna descendre,
Des piéges de l'amour elle eut dû se défendre,
Elle eût dû mieux combattre un penchant dangereux:
Que son cœur moins sensible eût été plus heureux!

HENRI.

O ciel! Et croyez-vous que je souffre moins qu'elle?
Venez me voir, Madame, aux pieds de Gabrielle;
J'ai causé tous ses maux; je cours les réparer.

SOURDIS.

Non, Sire, à vous revoir il faut la préparer:
Un moment, dans ces lieux si vous daignez l'attendre,
Vous essuyerez les pleurs que Sully fait répandre.

(*Revenant sur ses pas.*)

Il va les redoubler encor par son retour:
Sire, m'en croirez-vous, qu'au moins de votre Cour,
Pour un tems limité, l'un ou l'autre s'absente.
Rien ne peut rapprocher le Ministre & l'Amante.
De coupables sujets avec impunité,
Ont du Trône à vos yeux blessé la majesté,
Compromis Médicis & d'Estrée & la France;
Vous devez un exemple à l'Etat, à Florence:

Je le dis à regret, mais enfin si ces bruits
Ne sont, à l'instant même, avoués ou détruits,
Je connois des Ligueurs la haine & le faux zèle,
Je ne répondrois pas des jours de Gabrielle.
Faites voir que Sulli n'a point eu votre aveu :
Sûr du cœur de son Maître, il s'allarmera peu ;
Et même en d'autres lieux plus qu'ici nécessaire...

HENRI, *à part.*

Sulli, dont l'amitié me fut toujours si chere,
Auroit pu....

SOURDIS.

Mais sur-tout ne le revoyez pas :
Que, dès ce même jour, retournant sur ses pas,
Le désir de servir son Prince & sa patrie,
Même avant d'arriver, le rappelle en Neustrie.

HENRI.

De mes vrais intérêts reposez-vous sur moi.

SOURDIS.

Mais Sire....

HENRI.

C'est assez ; je suis amant & Roi.
Charmé de ses vertus j'adore Gabrielle ;
Mais depuis l'heureux jour où j'ai brûlé pour elle,
Vous savez si l'amour a décidé jamais,
Et du choix d'un Ministre & du sort des Français.

(*Sourdis se retire.*)

SCENE IV.

HENRI, *seul.*

Sulli, n'as-tu donc plus cette franchise austere,
Ce zèle qui jamais n'a craint de me déplaire?
Quoi! mon nom sert de voile aux plus noirs attentats!
Quoi! Sulli descendroit à des détours si bas!
Mais, que sai-je? Sourdis pour sa niece allarmée
Trop aisément, peut-être, en croit la Renommée,
Et déja mon esprit facile à soupçonner,
Sans le voir, sans l'entendre ose le condamner!
Trop injuste en vers lui, combien ma défiance
A souvent de nos cœurs banni l'intelligence!
Sourdis le craint sans doute, & cherche à l'écarter.
Cependant de Sulli qu'a-t-elle à redouter?
Quel sentiment confus dans mon cœur se réveille?
Ce nom de Médicis qui frappe mon oreille,
Des ligueurs tout-à-coup devenu le signal,
Rappelle à mon esprit un souvenir fatal.
Avant que la fortune, en secondant mes armes,
De d'Estrée à mes yeux eût fait briller les charmes,
Sur de foibles aveux qu'il arracha de moi,
Sulli peut dans Florence avoir promis ma foi.
Mais depuis, sans mon ordre, a-t-il osé conclure
Ces détestables nœuds que tout mon cœur abjure.
Juste ciel! quand mon peuple à peine est sous mes loix,
Conquis par mes bienfaits plus que par mes exploits,
Peut-il encourager une ligue ennemie?
Veut-il rompre une paix encor mal affermie?

C'en eſt trop, & je dois à moi-même, à l'Etat,
Le juſte châtiment d'un ſi grand attentat.
Mais pour anéantir un complot infidele
Hâtons-nous à leurs yeux d'épouſer Gabrielle:
Ce parti factieux qui me croit indécis,
Qu'enchaîna l'eſpérance au char des Médicis,
N'attend plus que mon choix pour abjurer ſa haine,
Et briguer à l'envi la faveur d'une Reine.

SCENE V.

HENRI, GABRIELLE, AMÉLIE.

HENRI.

Ah! Madame, accourez, diſſipez votre effroi.
On a donc prétendu diſpoſer de ma foi?
L'éclatant déſaveu que ma bouche en va faire
Confondra devant vous, un ſujet téméraire.
L'écrit le plus ſacré, gage de mon amour,
Va préparer nos nœuds avant la fin du jour.
Oui, je veux diſſiper vos injuſtes allarmes,
Et tarir pour jamais la ſource de vos larmes;
Oui, mon cœur enflammé, plein d'un eſpoir ſi doux,
Vous jure encor de vivre & de mourir pour vous.
Combien je jouirai de la grandeur ſuprême
Alors que ſur le Trône élevant ce que j'aime,
Je vous verrai regner ſur mon peuple & ſur moi!...
Eſt-il vrai que votre ame ait douté de ma foi?

Avez-vous soupçonné votre amant d'artifice?

GABRIELLE.

Que ce discours me fait hair mon injustice :
C'en est fait, je rougis de mes vaines frayeurs.

HENRI.

Et je vois vos beaux yeux encor baignés de pleurs!

GABRIELLE.

Après l'excès des maux où je viens d'être en proie,
J'ai peine à me livrer aux transports de la joie.
Vous voulez que l'hymen m'éleve jusqu'à vous;
Hélas! de tant d'éclat que loin d'être jaloux,
Le cœur de Gabrielle en ce moment regrette
Les bords chéris de l'Eure, & la douce retraite,
Où, se livrant sans crainte à d'innocens plaisirs,
Il s'animoit au feu de vos premiers soupirs!
Tout, alors, de mon cœur entretenoit l'ivresse,
Et tout me fait un crime ici de ma tendresse.
Chaque jour vous voyez quels piéges dangereux,
Quels obstacles puissans on oppose à mes feux,
Qu'envain je combattrois, victime de l'envie,
Les poisons que sa bouche exhale sur ma vie,
Que le Peuple & les Grands, conjurés contre moi,
Osent à mon amour redemander leur Roi;
Vous les voyez vous-même, & condamnez mes larmes!

HENRI.

Ah! c'est trop épargner l'auteur de vos allarmes.
Mon cœur est indigné des complots de Sulli.

GABRIELLE.

Quoi? Sire vous croyez....

HENRI.

Madame, on m'a trahi.

Quel que puisse être ici l'intérêt qui l'anime,
Que mon Amante au moins n'en soit pas la victime.
Punissons son audace... Holà, Gardes, à moi.

(*Les Gardes paroissent.*)

Que Silleri se rende aux ordres de son Roi.

(*Les Gardes se retirent.*)

J'ai peine à modérer l'excès de ma colere:
Mon œil de ces complots percera le mystere.
Malheur à qui, s'armant de mes propres bienfaits,
Oseroit contre moi soulever mes sujets!
J'ai fait tout pour mon peuple, & que veut-on encore?
Eh! qu'importe à Sulli que mon cœur vous adore,
Si la France fleurit sous d'équitables loix:
On a trop avili la majesté des Rois;
Il est tems de donner un frein à la licence,
Et même à l'amitié qui brave ma puissance:
Quiconque aura franchi les bornes du devoir,
Tremblera désormais sous un juste pouvoir:
La seule impunité sut fomenter la ligue
Et la foiblesse regne où triomphe l'intrigue.

SCENE VI.

HENRI, GABRIELLE, SILLERY, AMÉLIE.

HENRI.

SILLERY, répondez; est-il vrai qu'en ces lieux
L'audace, accréditant des bruits injurieux,
Insulte à mon amour, outrage Gabrielle,
Qu'enfin d'un autre hymen on seme la nouvelle?

SILLERY.

Alors que de Paris j'ai revu les remparts
Le nom de Médicis voloit de toutes parts;
De la paix, m'a-t-on dit, cet hymen est le gage;
On ajoute que Rome à ces nœuds vous engage;
On veut même......

HENRI.

Il suffit. De ces bruits imposteurs
Que vos yeux vigilans recherchent les auteurs.
Ou j'anéantirai ces honteuses cabales,
Ou je saurai venger sur leurs brigues fatales
Le pouvoir des Valois si long-tems balancé:
Fuyez, vils intrigants, votre regne est passé;
Je veux sauver la France & guérir ses blessures.

SILLERY.

Mais la Cour va d'abord éclater en murmures.

HENRI.

Que m'importent les cris & le courroux des Grands,
C'est mon peuple que j'aime, & je hais ses tyrans;
Rompez tous leurs projets; publiez que d'Estrée
Aux Autels va marcher de son Prince adorée:
Allez, & que Sulli prêt à revoir ces lieux,
S'en éloigne, sur-tout, sans paroître à mes yeux;
Qu'il retourne en Neustrie.

GABRIELLE, *retenant Sillery.*

O Ciel! qu'allez-vous faire!
Sire, n'écoutez point une aveugle colere.

HENRI.

Pouvez-vous m'arrêter, vous qu'il outrage, vous
Qui devez contre lui redoubler mon courroux?

GABRIELLE.

Ah! croyez Gabrielle incapable de nuire.
Si j'osois profiter de l'amour que j'inspire,
Si j'osois faire entendre une timide voix
De l'absent opprimé, je défendrois les droits,
Je voudrois que mon Prince...

HENRI.

O grandeur, ô courage!
Vas; mon cœur enivré te chérit davantage.
Quoique ta volonté soit ma suprême loi,
Un sentiment si noble & si digne de toi
Rend à mes yeux Sulli mille fois plus coupable.
Non, tu ne conçois pas le malheur qui m'accable;

Sulli veut me réduire à perdre pour jamais,
Ou ce cœur que j'adore, ou le cœur des Français.
Tout mon peuple me trompe, ou Sulli n'est qu'un traître.
Je voulois des amis; j'en méritois peut-être:
Peut-être le bonheur n'est pas fait pour les Rois.

GABRIELLE.

Cher Prince, je frémis du trouble où je vous vois.
Vous accusez Sulli, vous doutez qu'il vous aime;
Vos soupçons contre lui m'affligent pour moi-même;
Mais, Sire, quel est-il tout ce peuple en courroux
Dont l'effrayante voix retentit jusqu'à vous?
Les Grands, qui dans nos jours de trouble & de licence
Vous disputoient le trône & déchiroient la France;
Le Fanatique adroit, l'ambitieux Prélat,
Qui prêche la réforme & qui trahit l'Etat,
Et ces fils du néant, tous ces Traitans avides,
Qui dans la sombre nuit dévorant les subsides,
Près de Sulli, cent fois, ont tout fait, tout tenté
Pour opprimer le peuple avec impunité;
Voilà les ennemis qui ternissent sa gloire,
La foule qui vous parle. Ah! Sire, osez-vous croire
Qu'à travers les clameurs des courtisans jaloux,
La foible voix du peuple arrive jusqu'à vous?
Consultez l'indigent & l'orphelin timide;
Dans le fond de leurs cœurs la vérité réside:
Cette voix qu'on étouffe, & qui gémit toujours,
On l'entend sous le chaume & non pas dans les Cours.

HENRI.

Et du choix de mon cœur ce peuple encor s'étonne!
Quelle autre sur la terre est plus digne du trône!
Quand pour les malheureux vous vous intéressez,
Que vous les rendez chers! que vous m'attendrissez!

Ah! prêtez-leur toujours d'aussi puissantes armes,
Et daignez me porter leurs soupirs & leurs larmes.
Que tes soins, ton amour, digne épouse d'un Roi,
Soient toujours partagés entre mon peuple & moi.
Suivez mes pas; je veux, ma chere Gabrielle,
Des Ministres sacrés interroger le zèle.

(*A Sillery.*)

Vous, l'organe des loix, sur ces nœuds bienfaiteurs,
Prévenez les esprits & préparez les cœurs;
Mais que me veut Sourdis.

SCENE VII.

HENRI, GABRIELLE, SILLERY, SOURDIS.

SOURDIS.

Sire, Sulli s'empresse
A venir partager la publique allégresse.

HENRI.

Quoi déja dans Paris, Sulli, vous l'avez vû?

SOURDIS.

Non loin de ce Palais mes yeux l'ont reconnu:
Il arrive, & son front, où rayonne la joie,
Est garant des succès que le ciel vous envoie.

GABRIELLE.

Sera-t-il aujourd'hui trompé dans son espoir?
Priverez-vous ses yeux du bonheur de vous voir?

Quand

Quand de ses ennemis les cris se font entendre,
Au pied du trône au moins ne peut-il se défendre?
Son Juge voudra-t-il lui refuser l'accès
De cet asyle ouvert au dernier des sujets?

SOURDIS, *bas à Gabrielle.*

Pour vous, pour son repos, il le devroit peut-être,
Mais vous l'avez voulu, Madame, il va paroître.

HENRI, *après un moment de reflexion.*

Je reverrai Sulli: dans ces premiers momens
Je veux donner un frein à mes ressentimens;
Maître de mes transports je lirai dans son ame,
Je saurai quel obstacle on oppose à ma flame:
La plainte & le reproche à ma bouche interdits,
Voyons s'il osera de ses projets hardis
Déployer sous mes yeux l'audace criminelle;
Je ferai plus, je veux, par un récit fidèle
Balançant l'intérêt du peuple & de son Roi,
Solliciter son cœur à s'ouvrir devant moi.

(*A Sillery.*)

Sur un si grand objet je prétends vous entendre,
Qu'avec vous en ces lieux Sulli vienne se rendre:
Du bonheur des François plus mon cœur est jaloux,
Plus je crois l'assurer par des liens si doux.

On apprendra, Madame, à vous rendre justice,
Je verrai le ciel même à mes desseins propice
Et les François enfin par nous rendus heureux,
Ainsi qu'à vos vertus, applaudir à mes feux.

SCENE VIII.

SILLERY.

Ce retour de Sulli réveille mes allarmes.
Que Rome dise un mot, & la ligue est en armes.
D'un hymen imprudent je vois tout le danger.
Secondons leur projet, mais sans nous engager.
Malheureuse d'Estrée, ame tendre & timide,
De ton sort aujourd'hui la fortune décide;
C'est à toi de franchir le plus terrible écueil,
Sa main t'assure un trône, ou te plonge au cercueil.

Fin du second Acte.

ACTE III.

SCENE PREMIERE.

HENRI, SILLERY, *Troupe de Courtisans.*

SILLERY.

Aux Ministres des loix ma voix s'est fait entendre,
De leurs cœurs désormais vous pouvez tout attendre.

HENRI.

Tout succede à mes vœux; les ministres sacrés
Qu'un cruel fanatisme a longtems égarés,
Abjurant les complots d'une ligue ennemie,
Offrent de consacrer la chaine qui me lie:
Tu sais mes sentimens; d'accord avec mon cœur,
Ma bouche de Calvin a rejetté l'erreur,
Et j'ai craint d'attirer sur ce peuple que j'aime
De la religion le sanglant anathême.
Grace au ciel, je n'ai plus qu'à ranger sous mes loix
Les restes d'un parti qui fit trembler Valois.
Pense-tu que Sulli tarde encore à paroître?
Est-ce lui que j'entends? Je crois le reconnoître.
Oui, c'est lui-même.

SCENE II.

HENRI, SILLERY, SULLI; *les Courtisans s'aprochent pour voir la réception que le Roi va faire à Sulli.*

SULLI, *se précipitant aux pieds du Roi, qui cherche à cacher son émotion.*

Ah ! Sire ! ah ! quel moment pour moi !
J'embrasse, dans Paris, les genoux de mon Roi.
O, qu'après avoir vu la discorde civile,
A peine en vos États vous laisser un asyle,
J'aime à vous retrouver, au sein de ce Palais,
Paisible sur le trône, adoré des Français !
Qu'à cet heureux aspect mon ame est attendrie !
Brancas vous a soumis son cœur & la Neustrie;
La foule des Ligueurs à vos pieds abattus,
Ne se rend qu'au vainqueur; il cede à vos vertus,
Sire.

HENRI.

Je sens le prix d'un cœur si magnanime;
On aime à désarmer l'ennemi qu'on estime.
Je dois à votre zele un succès si flatteur,
Et la gloire publique ajoute à mon bonheur,
Il tarde maintenant à mon impatience,
De fixer avec vous les destins de la France.

(*Les Courtisans se retirent.*)

SCENE III.

HENRI, SULLI, SILLERY.

HENRI.

Il faut vous dévoiler les ſentimens ſecrets
Que retrace à mon cœur l'aſpect de ce Palais ;
Ici le ſort jaloux du bonheur de ma vie
Forgea les premiers traits dont m'accabla l'envie.
C'eſt ici qu'attiré dans un piege nouveau,
De mon funeſte hymen j'allumai le flambeau,
Ce gage d'une paix à jamais malheureuſe,
Quand de Charles ſéduit la politique affreuſe
Eut donné le ſignal de tant d'aſſaſſinats,
Et du ſang de ſon peuple inondé ſes États,
Ivreſſe ſi barbare & trahiſon ſi noire
Que les ſiecles futurs auront peine à la croire.
Reſſouvenir cruel, jour de honte & d'horreur
Où j'engageai ma foi ſans l'aveu de mon cœur !
Vous ſavez ſi les cieux furent jamais propices
A cet hymen, rompu ſous de meilleurs auſpices.
Que de fois, dans le cours de mes premiers ſuccès,
Attendri ſur le ſort des malheureux François,
Comme eux de Médicis déplorable victime,
J'eſſayai ſur moi-même un effort magnanime.
(*Obſervant Sulli.*)
Je crus pouvoir dompter la légitime horreur
Que ce nom ſi fatal inſpiroit à mon cœur,
Et pour former les nœuds d'une utile alliance,
Je tournai mes regards un moment vers Florence.

(*A Sulli.*)

Par vous dans ce projet vainement affermi,
Plus j'y voulus penser, & plus j'en ai fremi.
Pour sonder l'avenir, que votre œil envisage
De nos malheurs passés l'épouvantable image.
On a vu Catherine au trône des Valois,
Divisant les François pour leur donner des loix,
Dans les tems orageux de sa longue tutelle,
Préférer aux Bourbons des étrangers comme elle,
De toutes ses fureurs odieux instrumens
Et du trône avec eux saper les fondemens.
Rien n'a pu dans son cœur, superbe, impénétrable,
Étancher des grandeurs la soif insatiable;
Sans elle les Lorrains, l'Espagne & le Clergé,
Tyrans de mon pays, l'auroient-ils saccagé?
La mort qui m'épargnoit combattant pour le trône,
De cent pieges peut-être aujourd'hui m'environne.
Songez que sur l'Autel plus d'un Prêtre inhumain
Du dernier de vos Rois invoqua l'assassin.
La superstition dans ses fausses maximes
Se fait une vertu des plus horribles crimes;
J'attends tout de sa haine: un sentiment profond
Imprimé dans mon cœur le trouble, & me confond.
Si pour trancher mes jours, la sourde politique
Armoit d'un fer sacré le bras du fanatique;
Si je laissois un fils souverain au berceau;
Si, ne pouvant porter un trop pesant fardeau,
Sa mere abandonnoit, pour combler vos miseres,
Les rênes de l'État à des mains étrangeres.
Vous voyez qu'un seul coup renversant mes projets,
Dans un abîme affreux peut plonger mes sujets.
De mon hymen encor ces mots seroient l'ouvrage.
Dieu puissant, écartez ce funeste présage!

Esclave de mon rang, ne puis-je m'engager
Sans chercher d'autres nœuds sous un ciel étranger.
Quoi? de tant de beautés, ornement de la France,
Le charme intéressant, la vertu, la naissance
Ne peuvent sans blesser la majesté des Roix
Dignes de mon amour, l'être encor de mon choix;
Le dernier des sujets à l'ombre de mon trône,
Connoît au moins l'objet à qui sa main se donne;
Est-il moins important de m'assurer d'un cœur
Dont peut dépendre un jour notre commun bonheur?
Si le ciel me refuse un pareil avantage,
Si rien ne peut changer un tyrannique usage,
L'intérêt de l'État est ma suprême loi;
Je vous parlois en homme, & veux agir en Roi.
Voyez vous-même enfin le parti qu'il faut prendre.
A de vains préjugés gardez-vous de vous rendre;
Quelqu'illustre que soit le sang des potentats,
Songez que, sans sortir de mes propres États,
Le sang des conquerans du Jourdain, du Bosphore,
La foule des héros qui plus utile encore
A relevé mon trône & lui rend sa splendeur,
Aussi noble à mes yeux est plus chere à mon cœur.

SULLI.

Ce sentiment honore & la France & son maître,
Et notre amour pour vous le méritoit peut-être.
Ah! qu'il est beau de voir le plus grand de nos Rois,
Quand nos yeux sont encor frappés de ses exploits,
Se reposant sur nous de son pouvoir suprême,
Renoncer pour son peuple à sa liberté même!
Votre cœur incertain cherche la vérité,
Sire, j'ai son langage & sa sévérité;
Peut-être qu'aujourd'hui sa voix va vous surprendre;
Mais des Rois tels que vous sont dignes de l'entendre.

Pourquoi vous allarmant d'un objet inconnu,
Ouvrir sur l'avenir un œil trop prévenu ?
Si des nœuds cimentés à la Cour de Florence,
Vous font craindre à la fois pour vous & pour la France,
Sans un péril plus grand vous ne pouvez jamais
Élever jusqu'à vous le sang de vos sujets :
A leur ambition c'est ouvrir la carriere,
Et c'est les inviter à franchir la barriere
Que la hauteur du trône a mis entre eux & vous.
Les fleaux destructeurs appesantis sur nous,
Tous ces jours malheureux de trouble & de carnage,
De Catherine même ont moins été l'ouvrage
Que le fruit du pouvoir usurpé par les Grands,
Et votre hymen, sans doute, en feroit des tyrans.

Si de vos fils un jour l'enfance couronnée
Aux mains d'une sujette étoit abandonnée,
Les parens de la Reine, ambitieux sujets,
Rameneroient bientôt ces Maires du Palais,
Dont l'insolent pouvoir & le front sans couronne
Insultoit au Monarque enchaîné sur le trône.

Craignez-vous qu'un pouvoir incertain, passager,
A ce superbe rang éleve un étranger ?
Bienfaiteur prévoiant de la race future,
Commandez à nos loix & nos loix vont l'exclure.
Mais tremblez pour vos nœuds en songeant à quel prix
On vous offrit le trône, ou plutôt ses débris.
L'himen respecte ici l'orgueil du diadême ;
Un usage est souvent plus fort que la loi même.
Pourquoi servir des grands les projets concertés ?
Vous les avez vainqus ; les avez-vous domptés ?
Regardez-les encor au fond de leurs provinces
Étalant tout l'orgueil, tout le faste des Princes ;

De leur rapacité les agens forcenés
Sont autant de vautours sur le peuple acharnés.
Campagnes de la France autrefois si fertiles,
Que sont-ils devenus vos innocens asyles ?
Cent tyrans impunis, monstres affamés d'or,
Des mains du malheureux vont arracher encor
Ce fruit de ses travaux, objet de tant d'allarmes,
Un pain pétri de fiel & trempé dans ses larmes.
Sire, mes yeux ont vu ce spectacle d'horreur.
Les malheurs de la France ont fait saigner mon cœur;
Et ce que tous nos Rois n'ont encore osé faire,
Tranquilles possesseurs d'un trône héréditaire,
Au rang de vos ayeux vous qui n'êtes monté
Qu'à force de constance & d'intrepidité,
Voyant pour allumer une guerre nouvelle,
Que peut-être il suffit d'une seule étincelle,
Esclave de l'amour, le meilleur de nos Rois,
Couronnant sa sujette, insulteroit aux loix.
Vous nous sacrifiriez ; non, je ne le puis croire,
Vous aimez trop l'État, vous aimez trop la gloire
Pour replonger la France en un gouffre de maux.
Roi, veut-on effacer ce qu'a fait le héros ?

SILLERY.

Je ne partage point vos injustes allarmes,
Mon Prince a répandu la terreur de ses armes :
Sa valeur, ses vertus, notre amour, ses bienfaits,
Sont les garants sacrés de la plus ferme paix,
Dut-il en ce moment couronner sa sujette ;
Mais je vois dans les nœuds d'un hymen qu'il rejette
Tous les fléaux par vous à nos yeux retracés.
Faut-il vous rapeller nos désastres passés ?

Toujours au ſang des Rois les Régentes fatales
Ont déchiré l'Etat par des haines rivalles ;
Et tandis que du Trône on exclut ſans retour
Un ſexe à qui la France aura donné le jour,
La loi qui lui ravit un ſceptre héréditaire
Le laiſſera tomber aux mains d'une Etrangere,
Et nous ne recuillons pour tout fruit de ces nœuds,
Qu'un allié peu ſûr & ſouvent dangereux.
Deux fois d'un joug prochain la France menacée
Vit du Trône ébranlé la ſplendeur éclipſée,
Et nos Reines, deux fois, ſource de nos malheurs,
Ont inondé le Trône & de ſang & de pleurs.
Quand du farouche Anglois Paris fut la conquête,
Quelle mere barbare excita la tempête ?
Croit-on que préférant les Léopards aux Lis,
Jamais une Françoiſe eût détrôné ſon fils ?
Eut-elle aux mains d'un Guiſe abandonné la France ?
De nos Rois avec eux la fatale alliance
Les approchant du trône où tendoit leur orgueil,
Sire, eût été ſans vous notre dernier écueil.

SULLI.

Arrêtez & ſongez qu'il n'eſt plus tems de feindre.
De Rome & de Madrid n'avons-nous rien à craindre ?
Placer une ſujette au trône de nos Rois,
C'eſt faire un double outrage à la Sœur des Valois ;
C'eſt ranimer les feux de la Ligue expirante :
Son fanatiſme affreux me glace d'épouvante.
Ah ! Sire ! il eſt des cœurs abreuvés de ſon fiel,
Et vos preſſentimens ſont un avis du ciel.

SILLERY.

Pourquoi nous arrêter ſur cette affreuſe image ?
Je conçois pour mon Prince un plus heureux preſage.
Il eſt libre, il s'unit au ſang de ſes ſujets ;

C'eſt un titre de plus à l'amour des François.
Vous voyez que tout tremble au ſeul bruit de ſes armes,
Que l'Epagne eſt en proie aux plus vives allarmes,
Que l'Europe l'attend pour changer ſes deſtins.
Qu'il pourſuive le cours de ſes vaſtes deſſeins ;
La France va reprendre une ſplendeur nouvelle,
Il deviendra des Rois le plus parfait modele.
Nos neveux attendris le béniront un jour
Et bienfaiteur du monde il en ſera l'Amour.

HENRI.

A vos vœux comme aux miens faſſe le ciel proprice
Qu'un préſage ſi beau tout entier s'accompliſſe.
Mon eſprit attentif, incertain dans ſon choix,
De vos avis divers a balancé le poids.
Sulli de mes ſujets rejette l'alliance ;
Il croit que cet hymen énervant ma puiſſance,
A mes ſujets, à moi, donneroit cent tyrans.
Sillery qui prévoit des maux encor plus grands
Dans un contraire hymen cherchant leur origine,
M'offre deux fois l'Etat penchant vers ſa ruine.
A des faits ſi conſtans que peut-on oppoſer ?
Mais peut-être qu'auſſi je cherche à m'abuſer.
Il en eſt tems encor ; parlez, je vous écoute...
Sulli... votre ſilence eſt un aveu ſans doute.

SULLI, *à part.*

Que ne puis-je parler !

HENRI.

Quel bonheur eſt le mien !
O mon peuple ! ô François, par un nouveau lien
Je m'unis donc à vous ! dans l'excès de ma joie
Il faut que tout mon cœur à vos yeux ſe déploie,
Vous ignorez encor quel ſéduiſant eſpoir
M'a fait ſentir le prix du ſouverain pouvoir ;

Vous rendre heureux, ſans doute eſt un bien qui m'enflame;
Mais un projet plus vaſte eſt entré dans mon ame,
Projet le plus hardi conçu par un mortel.
  L'Eſpagne oſe affecter l'Empire univerſel;
Enrichi des tréſors d'un nouvel hémiſphere,
Charles-Quint ſous ſes pas a fait trembler la terre,
Sa gloire même encore impoſe à l'Univers.
Du monde épouvanté je veux briſer les fers;
Je prétends enchaîner dans une paix profonde
Du ſuperbe Eſpagnol la fureur vagabonde,
Aux peuples opprimés rendre enfin tous leurs droits,
Et traçant avec eux d'irrévocables loix,
Par un nœud ſi ſacré lier l'Europe entiere
Qu'il ſerve aux conquérans d'éternelle barriere.
Quel honneur pour ton Prince & pour le nom Français,
Le bonheur de l'Europe eſt un de mes bienfaits.
  Sulli, loin de ces lieux la gloire vous appelle:
D'Aumont, vaillant guerrier & citoyen fidèle,
Plein de jours & de gloire eſt mort aux champs d'honneur,
Et fier de ſon trépas l'ambitieux Mercœur,
Oppoſant aux Bretons l'adreſſe & le courage,
Appeſantit ſur eux le joug de l'eſclavage;
Du bruit de vos exploits étonnant ſa fierté,
Rappellez au devoir ce ſujet révolté.
Allez; & quel que ſoit le choix que je veux faire,
Songez qu'il me rendra la France encor plus chere.

SULLI, *à part.*

De mes conſeils encor eſſayons le pouvoir
Dans Gabrielle au moins il me reſte un eſpoir.

HENRI, *à Sillery.*

Allez de ſon départ informer Gabrielle,
De mon hymen prochain portez lui la nouvelle.

SCENE IV.

HENRI, SULLI.

SULLI.

Quelque ennemi puiſſant de ma faveur jaloux,
Sire, depuis longtems veut m'éloigner de vous :
Vous balanciez ; enfin vous venez d'y ſouſcrire.
Votre cœur m'eſt fermé ; je ne veux point y lire
Des ſecrets que mon Roi prend ſoin de me cacher ;
Je pourrois les entendre & non les arracher.
Ah Sire, à vos bontés mon ame accoutumée
De cent complots obſcurs ne peut être allarmée,
Mes plus fiers ennemis ne m'épouvantent pas,
Tant que votre œil lui-même éclairera mes pas ;
Mais abſent de ces lieux, triſte objet de l'envie...

HENRI.

Eh bien que craignez-vous ?

SULLI.

Je crains la calomnie.
J'ignore quels forfaits ils oſent m'imputer ;
Je ſens trop que mon zèle a dû les irriter.

HENRI.

Le zèle d'un ſujet a des bornes preſcrites.

SULLI.

Mais quand un Roi lui-même en étend les limites.
J'ai vû ſouvent mon Prince, incertain dans ſes vœux,
Autoriſer mon zèle à combattre ſes feux ;

Il sentoit quel empire a sur lui ce qu'il aime ;
Ainsi que pour son peuple il trembloit pour lui-même.
(*Henri lui lance un regard fier.*)
Vous eûtes avec moi ces doux épanchemens
D'une ame qui combat ses premiers mouvemens,
Quand n'osant approuver sa naissante tendresse,
On peut se faire encor l'aveu de sa foiblesse.

HENRI.

Vous donnoient-ils le droit de régler mon destin,
Et d'oser prévenir mon ordre souverain ?

SULLI.

Non, Sire.

HENRI.

Cependant on intrigue à Florence.
D'un chimérique hymen le bruit éclate en France,
Et la Ligue nouvelle agit sous votre nom.

SULLI.

Ciel ! à la calomnie on joint la trahison !
Quoi ! j'aurois pû me rendre envers vous si coupable.
Vous connoissez mon cœur ? l'en croyez-vous capable,
Sire, que ce soupçon est affligeant pour moi !
Aux Conseils, aux Combats, quand j'ai servi mon Roi,
Ma franchise jamais s'est-elle démentie ?
N'en croyez que vous-même, & consultez ma vie.
Sulli peut s'égarer, mais il est sans détours ;
De tous mes ennemis quelques soient les discours,
Il n'est point un sujet plus soumis, plus fidèle ;
Heureux de vous prouver mon amour & mon zèle,
Et plus heureux encor si mon trouble secret
N'avoit, en vous quittant, que moi seul pour objet,

Si pour vous même enfin je n'avois rien à craindre.

HENRI.

Expliquons-nous, Sulli, cessons de nous contraindre :
Parlez.

SULLI, *pénétré de douleur.*

De vos bontés le souvenir flateur,
Sire, vivra toujours dans le fond de mon cœur ;
Sur mon éloignement je n'ai rien à vous dire :
Vos ordres sont sacrés ; c'est à moi d'y souscrire,
Il suffit ; mon départ va les suivre de près.

HENRI.

Arrête, & cache-moi ton trouble & tes regrêts :
Sûr de mon amitié, cruel, que peux-tu craindre ?
Est-ce bien avec toi que ton Roi pourroit feindre ?
Moi te fermer mon cœur, ô ciel ! moi t'oublier ;
A de lâches flateurs, moi te sacrifier ?
Et vous l'avez pensé, barbare que vous êtes ;
Mais je n'ose ajouter à tes peines secretes :
L'excès de ta douleur vient de me pénétrer ;
Ami, rien ne pourra jamais nous séparer.

SULLI.

Juste ciel ! ô mon Prince, ô l'ami le plus tendre !
Que dis-je ? pardonnez.

HENRI.

Eh ! pourquoi t'en défendre ?
Vas ce nom fait ma gloire ; heureux, heureux le Roi
Qui mérite & qui trouve un ami tel que toi.
Tu ne soupçonnes pas toute mon injustice ;
A tes séveres yeux il faut que j'en rougisse.
Contre toi de nouveau mon esprit irrité
Crut te voir attenter à mon autorité.

Un peuple d'ennemis pour te nuire & me plaire,
Prenoit le ſoin cruel d'attiſer ma colere.
Crois-tu que je voulois ici même, en ce jour,
Jouet de leurs complots éloigner ton retour ?
La ſeule Gabrielle, embraſſant ta défenſe,
A fait évanouir ma vaine défiance.
Ah, du moins ! ſi toi-même, alors, avois pu voir,
En ta faveur, ami, ſon ame s'émouvoir,
Et comme à tes vertus elle rendoit juſtice,
Comme aux infortunés ſa voix étoit propice,
Combien de pleurs couloient de ſes yeux attendris !

SULLI.

Je la connois trop bien pour en être ſurpris.
Si, malgré l'appareil de la grandeur ſuprême,
On vit jamais un Prince être aimé pour lui-même,
C'eſt mon Roi, c'eſt l'ami, le Héros des François,
Et dans l'amour enfin qu'ont pour lui ſes ſujets,
Je ne connois que moi qui l'emporte ſur elle,
Je devois cet hommage au cœur de Gabrielle :
Sur ma reconnoiſſance elle a de juſtes droits.

HENRI.

O ciel ! ainſi toi-même applaudis à mon choix !
Tu viens de redoubler l'ivreſſe de mon ame.
Cher Sulli ! connois donc un projet de ma flame :
Je vais, en aſſurant ſon repos & le mien,
Par des nœuds éternels lier mon ſort au ſien ;
Sous les loix de l'Hymen ton Prince ſe rengage :
Cet écrit, de ma foi tendre & précieux gage,
Aſſociant d'Eſtrée à mon Thrône, à mon cœur,
Eſt le contrat ſacré, garant de mon bonheur.

(*Il lui remet un écrit.*)

A cent troubles ſecrets mon amour fut en proie,
Tu les as diſſipés, je l'avoue avec joie.

Je

Je sens que je te dois ce charme consolant,
De m'applaudir encor d'un feu si violent.
Ce n'est pas la beauté que j'idolâtre en elle.
Quelle ame fut jamais plus sensible & plus belle?
Quand le ciel jusqu'au Trône élève ses destins,
Ami, que de bienfaits répandus par ses mains,
De tous les malheureux faisant tarir les larmes
Vont immortaliser ses vertus & ses charmes!
Quel moment pour mon cœur, quel bonheur pour ton Roi!
L'amour & l'amitié vont régner avec moi;
Mais pourquoi cet œil fixe & ce morne silence?

SULLI.

Cet écrit...

HENRI.

Que dis-tu?

SULLI.

De mon obéissance,
Sire, qu'exigez-vous?

HENRI.

Que tu m'ouvres ton cœur.

SULLI, *à part.*

Si j'osois dévoiler...

HENRI.

Quel excès de froideur!
Un discours trop hardi, quand ma Cour nous éclaire,
Pourroit contre toi-même exciter ma colere:
Mais ne crains point ici de blesser ma fierté;
Nous sommes seuls, agis, parle avec liberté.
De mes sujets, ami, tu prends peut-être ombrage;
Tu verras de ces nœuds un jour tout l'avantage.

SULLI.

De ces nœuds, croyez-moi, Rome va s'irriter ;
Je sais que son courroux est tout prêt d'éclater.

HENRI.

Tu t'abuses.

SULLI.

Sachez que d'affreux parricides...

HENRI.

Eh bien ! Si je péris des mains de ces perfides...

SULLI. (*regardant l'écrit.*)

Vous, périr ! Vous, mon Roi ! Qu'entends-je... non jamais.
Que deviendroient, hélas, vos malheureux sujets !

Oubliez cet écrit, garant d'une alliance
Qui compromet vos jours, votre honneur & la France.

(*En déchirant l'écrit.*)

HENRI.

Téméraire, insensé ! Qu'as-tu fait ?

SULLI.

Mon devoir.

HENRI.

Quelle audace, grand Dieu ! puis-je la concevoir ?
La France de mon choix attend sa Souveraine,
Votre Maître vous parle & vous donne une Reine :
Vous la reconnoitrez, sujet trop orgueilleux ;
Devant elle à l'instant fléchissez, je le veux ;
Rendez-lui le premier votre hommage & vous-même,
Portez à mes sujets ma volonté suprême.

Fin du troisieme Acte.

ACTE IV.

SCENE PREMIERE.

GABRIELLE, SOURDIS, AMÉLIE.

GABRIELLE.

Non, je n'écoute plus vos funeftes difcours,
Ces reproches, ces cris qui m'affiégent toujours;
Vos foupçons outrageans, votre haine implacable
Vous rendent trop injufte, & moi trop miférable.

SOURDIS.

Vous le voyez pourtant, Henri ne revient pas,
Et plus puiffant que vous Sulli retient fes pas.

GABRIELLE.

Si Sulli veut du Trône écarter Gabrielle,
J'ai le cœur affez grand pour eftimer fon zèle;
Et fut-il à l'inftant tout prêt à m'accabler,
L'excès de mon amour ne fauroit m'aveugler.

Mon ame trop heureuſe à la tienne enchaînée,
Cher Prince, ne deſire...

SOURDIS.

Amante infortunée!
Voilà donc votre eſpoir. Un cœur ſi généreux
N'a jamais ſoupçonné les complots ténébreux,
Ces intrigues des Cours, & l'horrible ſcience
D'égorger ſourdement la crédule innocence.
Ou victime d'Etat, ou femme de Henri,
Le Trône déſormais eſt votre unique abri;
Car enfin, contre vous, puiſqu'il faut le redire,
Si la Ligue, Sulli, Médicis, tout conſpire?

GABRIELLE.

Médicis. Ah! ce nom, ſi fatal à mon Roi,
Porte dans tous mes ſens un invincible effroi.
Mon cœur n'eſt point jaloux, ſûr du héros que j'aime;
A mes yeux cependant je ne ſuis plus la même.
Pourquoi ne vient-il point? Quoi juſqu'à Sillery,
Tout m'abandonne donc?

AMELIE.

Madame, le voici.

SCENE II.

GABRIELLE, SOURDIS, SILLERY, AMELIE.

SILLERY.

A la plus vive joie ouvrez enfin votre ame ;
Votre hymen eſt conclu ; vous triomphez, Madame ;
Le Trône vous attend, digne prix de vos feux.

SOURDIS.

Que cet hymen tardoit à mes rapides vœux !

SILLERY.

Pour comble de bonheur, devenus plus propices,
Les cieux vous uniront ſous les meilleurs auſpices :
Un bruit court que l'Eſpagne, après de longs délais,
Nous préſente à Vervins l'olive de la paix.

SOURDIS.

Er Sulli s'eſt rendu !

SILLERY.

Si j'en crois ſon ſilence,
Mes diſcours ont vaincu ſa longue réſiſtance.
(*A Gabrielle.*)
Prête à voir leurs autels conſacrer vos liens,
Vous aurez pour témoins d'autres yeux que les ſiens.
Chez les Bretons altiers la Ligue vit encore,
Du ſoin d'en triompher le Monarque l'honore ;

Avant la fin du jour Sulli quitte ces lieux,
Et le Roi déja même a reçu ses adieux.

SOURDIS, *avec transport.*

Et ce départ, Madame, est mon heureux ouvrage;
Et l'amour va vous rendre un éclatant hommage,
Il vous éleve au Trône où vos fiers ennemis
Viendront vous contempler avec un front soumis;
Non que le rang auguste où vous allez paraître,
Imprime la terreur; non: sans l'amour du maître
J'envierois peu ce Trône où j'aspire à vous voir.
Il ajoute aux respects & non pas au pouvoir;
Mais mon adresse écarte & réduit au silence
Un Ministre orgueilleux sous qui trembloit la France,
Qui fut assez puissant pour balancer l'amour,
Et qui bravant son maître a partagé sa Cour.
Il part & vous régnez. Quelle douce victoire!
En sentez-vous le prix; concevez-vous la gloire
De pouvoir à son gré dispenser la faveur,
D'éblouir tous les yeux de sa seule splendeur?
Et quel plaisir pour vous quand ces femme hautaines
De leurs faibles attraits, de leurs titres si vaines,
Verront leurs époux même abaissant leur orgueil,
S'honorer à vos pieds d'un mot, ou d'un coup-d'œil?
Sourdis vous en donna la flatteuse espérance.

(*A Sillery.*)

Volons vers son amant, & que notre présence
Hâte encor, s'il se peut, un moment si flatteur.

SCENE III.

GABRIELLE, *seule.*

Que tous ces sentimens étrangers à mon cœur,
Dans sa bouche, grand Dieu ! m'affligent, m'humilient !
O mon Prince, ô mon Roi ! si les nœuds qui nous lient
Des voiles du mystere avoient été couverts,
Que ces nœuds ignorés m'auroient été plus chers !
C'en est donc fait, l'hymen surpassant mon attente,
Au faîte des grandeurs éleve ton amante ;
Et moi, j'éprouverois dans mes vœux égarés,
Des transports que l'amour n'auroit pas inspirés ;
Et ce rang, ces honneurs, gages de ta tendresse,
Seroient l'indigne objet de mon ingrate ivresse ?
Non, tu ne me crois pas un cœur ambitieux ;
Le Trône, l'Univers, que sont-ils à mes yeux ?
Je n'aime que pour toi ce jour que je respire :
Ton cœur est tout mon bien, ma gloire, mon empire ;
Heureuse, si je puis sous tes paisibles loix,
A force de vertus justifier ton choix !

SCENE IV.

GABRIELLE, HENRI.

(*Suite du Roi qui reſte dans l'enfoncement.*)

HENRI.

Oui, vous pouvez me ſuivre. Une chaîne ſacrée,
Chers amis, pour jamais va m'unir à d'Eſtrée.

(*A Gabrielle.*

De notre hymen enfin, le bruit vient d'éclater.
Je les voyois ardens à m'en féliciter;
Témoin de leurs tranſports, garant de leurs ſuffrages,
J'apporte à vos genoux leurs vœux & leurs hommages,
Et je m'enorgueillis de cet encens flatteur
Que donne à vos vertus un peuple adorateur.

GABRIELLE.

Quoi, Sire ?..

HENRI.

Je t'entends : pardonne, Gabrielle,
Mais laiſſe-moi jouir de ta grandeur nouvelle.
Reçois pour ſatisfaire à mon cœur enchanté,
Ce tribut unanime & ſi bien mérité.

(*Tandis que Gabrielle va recevoir les complimens ſur ſon mariage, Henri fait ſigne au Duc de Biron.*)

J'offre un nouveau laurier à vos mains triomphantes,
Mon cher Biron; tandis que des fêtes brillantes
A l'amour, aux plaiſirs vont conſacrer ce jour,
De la nuit en ſecret prévenant le retour,

Précipitez vos pas, suivi de Lesdiguieres,
Et de la Picardie assurez les frontieres.
L'ambitieux Philippe a demandé la paix ;
Je fais ceder ma haine au bien de mes sujets.
S'il osoit me tromper, courez venger la France
Du Colosse orgueilleux dont la vaste puissance
A cru donner des fers à nos bras indomptés.
Nos ennemis ont pû, par nous-mêmes excités,
Porter dans nos foyers la terreur & la guerre ;
Mais les Français unis ont fait trembler la terre.

(*A Gabrielle.*)

Vous m'avez entendu, je passe tour-à-tour
Des fatigues du Trône aux soins de mon amour.
Avant de nous lier d'une chaîne si belle,
La paix qui m'est offerte au Conseil me rappelle;
Je veux rétablir l'ordre & la tranquillité,
Ce bien que mes sujets ont rarement goûté :
L'école du malheur instruisit ma jeunesse.
J'ai connu, j'ai senti la main qui les oppresse,
Et quoiqu'aimé de vous, je ne puis être heureux
Qu'en soulageant des maux que j'éprouvai comme eux.
Peuples, qui gémissez sous le poids des subsides,
Je cours vous arracher à vos tyrans avides;
Et je veux que Sulli, votre digne vengeur,
Des trésors de l'Etat soit le dispensateur.
Peut-être a-t-il franchi, prompt à me contredire,
Les bornes qu'un sujet auroit dû se prescrire;
Mais sa probité ferme a paru devant moi :
Le protecteur du peuple est l'ami de son Roi.

SCENE V.

GABRIELLE, AMELIE.

AMELIE.

CHARGÉ d'ordres pressans, Sulli, sombre, inquiet,
Vous demande, Madame, un entretien secret.

GABRIELLE.

Sulli, que me veut-il ?

AMELIE.

Près de sa Souveraine
Il cherche à ménager sa faveur incertaine.
Sans doute de la Cour il s'éloigne aujourd'hui,
Et ces ordres pressans ne regardent que lui.

GABRIELLE.

Qu'il entre.

SCENE VI.

GABRIELLE, *seule.*

DANS les biens qu'enfin le ciel m'envoie,
Je ne sais quel chagrin vient corrompre ma joie;
Sans amertume, hélas ! jamais, jamais mon cœur
N'a pû jouir encor d'un moment de bonheur.

SCENE VII.

GABRIELLE, SULLI.

SULLI.

Un hymen glorieux au Trône vous appelle;
La France va tomber aux pieds de Gabrielle;
Du Roi que vous aimez, l'honneur & les destins,
Le sort du monde entier, peut-être, est dans vos mains.
De ce haut rang, Madame, une autre enorgueillie,
Par l'éclat des grandeurs tout-à-coup éblouie,
Suivant de ses projets l'essor ambitieux,
Sur l'intérêt du peuple auroit fermé les yeux;
Mais vous.

GABRIELLE.

Eh bien, Sulli!

SULLI.

Quand votre hymen s'apprête,
Madame, se peut-il que rien ne vous arrête?

GABRIELLE.

Cet hymen à mon Roi peut-il être fatal?

SULLI.

De la rebellion s'il étoit le signal!
Si la sœur des Valois, cette premiere épouse,
De vos feux mutuels, de vos charmes jalouse,
Se plaignoit, menaçoit, reclamoit aujourd'hui
Des droits que son époux lui laisse encor sur lui.

GABRIELLE.

Des droits il n'en est plus; le Pontife suprême,
A rompu leur hymen, a levé l'anathême,

Et le ciel qui l'absout ne défend point au Roi
D'offrir un pur hommage, & d'engager sa foi.

SULLI.

Si Rome en exceptoit la seule Gabrielle.

GABRIELLE.

Moi, Sulli?

SULLI.

Je vous porte une atteinte cruelle;
Mais mon devoir le veut. On reçoit, à l'instant,
Du Pontife Romain ce décret menaçant.
(Lui présentant le Décret qu'elle prend.)
Je remplis à regret ce triste ministère.

GABRIELLE.

Comment ai-je pu seule attirer sa colere;
Grand Dieu! qu'ai-je donc fait?

SULLI.

Puisqu'il faut dévoiler
Un secret qui me pese & qui me fait trembler;
Cette Sœur des Valois, en sa haine obstinée,
N'a rompu qu'à ce prix son funeste hymenée,
Et Rome dont vos feux allumoient le courroux,
Ordonne qu'à jamais Henri renonce à vous.
Craignez Rome, sur-tout; ses invisibles armes,
Du sein du Vatican répandant les allarmes,
Vont de la guerre encore agiter les flambeaux,
Les lancer sur la France, & rouvrir nos tombeaux.
Voyez les Florentins, les Germains, les Iberes,
Leur présenter l'appui de leurs bras sanguinaires;
A ce nombre infini d'ennemis menaçans,
Contre vous réunis, devenus si puissans,
Ajoutez les complots, les haines politiques
Des Courtisans jaloux, des Ligueurs fanatiques,

Qui dans les prompts éclats de leurs ſoulevemens,
Renverſeront l'État juſqu'en ſes fondemens.

GABRIELLE.

Vous me faites frémir : ô ciel ! puis-je le croire,
Que bravant ſa puiſſance, envieux de ſa gloire....

SULLI.

Ah ! n'imaginez pas que par un zele outré,
A de vaines frayeurs mon cœur ſe ſoit livré ;
Henri doit tout prévoir, tout craindre de leur haine :
Aujourd'hui même encore on a chargé de chaînes
Un obſcur fanatique, un enfant malheureux,
Que l'école abreuvoit de ſon poiſon affreux.
Vous m'entendez, Madame.

GABRIELLE.

(*Elle ſe laiſſe tomber dans le fauteuil.*)

O crime épouvantable.
Le monſtre... Je ſuccombe à l'horreur qui m'accable.
Vous croyez que nos feux....

SULLI.

Si vous aimez le Roi ;
De Rome qui peut tout, il faut ſubir la loi.
Des traits de ſon courroux qui pourroit vous défendre ?
La Ligue va ſoudain renaître de ſa cendre,
La guerre en tous les lieux s'allume avec fureur,
Vous devenez l'objet de la publique horreur ;
Et pour comble de maux, ſi l'ennemi perfide,
Dans un cœur adoré, plonge un fer homicide ?

GABRIELLE.

O Ciel.

SULLI.

Vous pâliſſez, vos yeux verſent des pleurs ;
Ah ! vous partagez donc mes craintes, mes douleurs.

Eh bien, au nom ſacré du Héros qui vous aime,
Du peuple qui l'adore, & de votre amour même,
Rejettez ſon hymen & rendez-lui ſa foi;
Vous ſauverez enſemble & la France & ſon Roi:
Que de ſa mort au moins la crainte vous fléchiſſe;
Pour vous encourager à ce grand ſacrifice
Faut-il enfin, faut-il embraſſer vos genoux,
Vous m'y voyez, Madame.

GABRIELLE.

Ah! Sulli, levez-vous.
Dieu!

SULLI.

Non, ſi votre cœur ſe ferme à mes allarmes,
Si votre amour ſe borne à de ſtériles larmes;
Non, je ne ſurvis point à l'horreur de mon ſort,
Et je reſte à vos pieds pour attendre la mort.

GABRIELLE.

Ah! vous déſeſperez la triſte Gabrielle.

SULLI.

J'oſe lui demander un effort digne d'elle.
Pour rompre votre hymen, & pour tout réparer,
Madame, il faut le fuir, il faut vous ſéparer.

GABRIELLE.

Qui! nous, que dites-vous? O ciel! qu'on nous ſépare?
Vous croyez me réſoudre à cet effort barbare?
Je pourrois.... Ah! plutôt arrachez-moi ce cœur
Que vous aſſaſſinez, que vous glacez d'horreur.
Nous ſéparer, cruel! vous voulez m'interdire
La douceur de le voir, l'air même qu'il reſpire.
Henri! Je pourrois vivre & ceſſer d'être à toi!
Hélas! Faut-il trembler pour les jours de mon Roi!

Sulli, ne craignez point ce fatal hymenée:
J'aurai bientôt fini ma triste destinée;
Oui, bientôt....

SULLI.

Ah! Madame, après un tel effort,
Amante d'un héros, sachez vaincre le sort;
Remportez sur vous-même une entiere victoire,
Et que votre courage égale votre gloire.

GABRIELLE.

Hélas! en quel moment vous déchirez mon cœur?
C'est lorsque je venois, pleine de mon bonheur,
Rendre grace à ce Prince, à qui j'étois si chere,
De tout ce que pour moi son amour vouloit faire;
C'est lorsque je croyois toucher au jour heureux
Où j'allois voir le ciel autoriser mes feux.

SULLI.

Je ne puis condamner une douleur si tendre:
Ne cachez point les pleurs qu'elle vous fait répandre,
Et croyez que Sulli, non moins touché que vous,
Admire vos vertus dignes d'un sort plus doux;
Mais je verrai du moins une gloire immortelle,
Aux yeux du monde entier, couronner Gabrielle;
Au moins dans vos malheurs un triomphe si beau
De la guerre civile éteignant le flambeau,
Vous donne sur les cœurs un souverain empire.
Ah! qu'il est consolant, qu'il est doux de se dire,
J'ai voulu que mon Roi, le héros des François,
Quinze ans persécuté par ses propres sujets,
Put gouverner enfin sous de meilleurs auspices,
Et du monde avec lui je deviens les délices.

GABRIELLE.

Eh bien, aller trouver....

SCENE VIII.

GABRIELLE, SULLI, AMELIE.

AMELIE.

POUR vos nœuds ſolemnels
On preſſe en ce moment la pompe des Autels.
Si Rome a fait parler un ſecret émiſſaire,
Armé contre vos feux d'un décret trop ſevere,
Madame, raſſurez votre cœur éperdu,
Aux diſcours de Sourdis enfin il s'eſt rendu,
Et ce décret fatal, dicté par la vengeance,
Doit être enſeveli dans un profond ſilence.

(*A Sulli.*)

Sourdis, qu'un ſoin nouveau retient auprès du Roi,
Demande, à l'inſtant même, à vous parler.

SULLI.

A moi?

AMELIE.

Oui, Seigneur.

SULLI.

Je vous ſuis.

AMELIE.

Mais je dois vous attendre.

GABRIELLE.

C'eſt aſſez; laiſſez-nous.

SCENE

SCENE IX.

GABRIELLE, SULLI.

SULLI.

Vous venez de l'entendre,
On peut vous ſeconder en nous trahiſſant tous ;
Mais ce détour eſt vil, il n'eſt pas fait pour vous.

GABRIELLE.

Vous me rendez juſtice, & c'eſt à moi ſans doute
D'égaler vos vertus, quelqu'effort qu'il m'en coute.

SULLI.

Vous les ſurpaſſerez en comblant mon eſpoir,
Il eſt pour vous encor un plus cruel devoir.

GABRIELLE.

Eh quoi ? fuir mon amant, ſacrifier ma flamme
N'eſt donc pas aſſez ?

SULLI.

Non.

GABRIELLE.

Que puis-je encor ?

SULLI.

Madame,
Otez au Roi l'eſpoir d'être un jour votre époux,
Et le forcez, vous-même, à renoncer à vous.

GABRIELLE.

L'ai-je bien entendu ; que dites-vous, barbare ?
De tout ce que j'adore, eh quoi ! je me sépare,
Et je meurs de ses maux plus encor que des miens,
Et quand vous m'arrachez aux plus tendres liens ;
C'est vous qui m'accablez de votre pitié feinte,
Vous qui venez jouir de mes pleurs, de ma plainte,
Vous, tyran de mon Roi, qui voulez que ma main,
Ma main lui plonge encor un poignard dans le sein ?
Trop foible que je suis ; oui, votre zele austere
M'inspire une frayeur sans doute imaginaire.
Eh qu'importe à la France, heureuse sous ses loix,
L'objet qu'un Roi si juste honore de son choix ?
Que la Ligue murmure, & que Rome le brave,
En a-t-il triomphé pour être leur esclave ?
Je l'attends ; mon amour à lui seul est soumis,
C'est lui que j'en veux croire, & je n'ai rien promis.

SULLI.

Vous ne m'allarmez point, je connois Gabrielle,
Elle rendra justice à mon cœur, à mon zele.
Quand je viens l'éclairer sur les nouveaux complots
Qui menacent sa vie & celle d'un héros,
J'ai mes yeux pour témoins des attentats d'un traître.
J'ai dû vous en parler par amour pour mon maître ;
J'ai cru que de vous seule il apprendroit son sort,
Et même en ce moment j'ose le croire encor.
D'un sentiment si pur votre ame est animée...

GABRIELLE.

Non, vous ne savez pas combien je suis aimée,
Vous ne concevez pas l'excès de mon malheur.
Hélas, s'il ne falloit que déchirer mon cœur,

Sulli, si je n'avois que ma mort seule à craindre,
S'il me restoit l'espoir d'être la plus à plaindre....
Quoi ! dans ce même instant, par ses soins préparés,
Les Temples sont ouverts, les Autels sont parés,
Et quand vous ordonnez à ma bouche cruelle
De porter à son cœur la sentence mortelle,
Crédule, il s'applaudit du succès de ses feux,
Et le plus grand des Rois se croit le plus heureux.
Heureux, ah ! qui jamais méritoit mieux de l'être ?
Sans moi, sans mon amour il le seroit peut-être.
Il faut donc m'en punir, je sens que je le dois,
A vos yeux, comme aux miens, c'est rougir trop de fois
Oubliez ma colere, & plaignez ma tendresse,
Le ciel me punit bien d'une trop chere ivresse ;
Mais enfin ç'en est fait, quels que soient mes tourmens,
Quoique le plus aimé des Rois & des amants,
Qu'il vienne, & contre lui j'emprunterai vos armes,
Dans le fond de mon cœur je cacherai mes larmes,
Je combattrai ses feux ; & pour moins l'attendrir,
Sulli, ne craignez pas qu'il m'échape un soupir.
J'irai, pour mettre un terme à ma douleur secrete,
J'irai, loin de ce Prince, au fond d'une retraite,
Où l'on ne suivra point la trace de mes pas.
Hélas ! où ses regards ne penetreront pas.

SULLI.

Puis-je trop admirer cet effort magnanime !

GABRIELLE.

Ah ! si dans mon exil j'emporte votre estime,
Jurez-moi de servir jusqu'au dernier moment
Ce Roi que nous aimons tous deux si tendrement,
Si digne d'une amante & d'un ami fidele,
Et qu'enfin, pour jamais, va perdre Gabrielle.

SULLI.

Je vous en fais serment, Madame.

GABRIELLE.

Quand la mort,
Seul espoir de mon cœur, aura fini mon sort,
La main de son ami doit essuyer ses larmes.

SULLI.

Si vous l'aimez, vivez ; que ces tristes allarmes
N'accablent point un cœur si grand, si généreux.
C'est ici que le Roi va s'offrir à vos yeux.

GABRIELLE.

C'est ici que j'ai dû lui consacrer ma vie,
Et j'y reviendrai donc, quand j'allois être unie
Par les nœuds les plus doux & les plus solemnels,
Recevoir des adieux qui seront éternels.

Fin du quatrième Acte.

ACTE V.

SCENE PREMIERE.

GABRIELLE.

Quoi ! je vais m'expoſer au tourment de le voir,
A ſes yeux pénétrans cacher mon déſeſpoir,
Réſiſter à ſes pleurs, affermir ſa conſtance,
Et ce charme puiſſant de ſa douce préſence,
Ce charme qui faiſoit le bonheur de mes jours,
En jouir un moment pour m'en priver toujours.
De quels traits douloureux je me ſens déchirée....
Hélas ! qu'as-tu promis, malheureuſe d'Eſtrée ?
Quand tu vois ton amant prêt à s'unir à toi,
Tu lui diras : Vivez pour une autre que moi....
Et vous, dont les conſeils ont fait ma deſtinée,
Dans quel abîme affreux m'avez-vous entraînée ?
Mais ils n'enviſageoient que leur propre grandeur,
Et leur langue perfide empoiſonnoit mon cœur.
Enfin le voile tombe. A moi-même livrée,
Sans parens, ſans amis, triſte, déſeſperée,
Où porter mes douleurs ? grand Dieu ! dans quel ſéjour
Irai-je enſevelir un malheureux amour.
O mort ! viens terminer ma déplorable vie,
Mort, viens hâter l'inſtant.... Mais je vois Amelie.

E 3

SCENE II.

AMELIE, GABRIELLE.

GABRIELLE.

A-T-ON ſuivi mon ordre ?

AMELIE.

Il eſt exécuté.
Dans un réduit voiſin, obſcur, inhabité,
Zamet attend.

GABRIELLE.

Le Roi viendra-t-il ?

AMELIE.

Oui, Madame.
Tout ſe reſſent ici des tranſports de ſon ame.
J'ai voulu traverſer les flots tumultueux
De la brillante Cour dont il reçoit les vœux ;
Mais ſes yeux m'ont d'abord expliqué ſa penſée :
Il va ſe dérober à la foule empreſſée.
Sourdis, à ſes côtés, fixe de toutes parts,
Et du peuple, & des Grands, les avides regards ;
Mille cris d'alégreſſe élancés autour d'elle,
Font voler juſqu'aux cieux le nom de Gabrielle :
De votre heureux hymen, quels garands ſont plus ſûrs ?
On vient.

SCENE III.

GABRIELLE, AMELIE, SULLI.

SULLI.

Ah! gardez-vous d'abandonner ces murs,
Des regards ennemis évitez la préſence,
Et craignez même ici leur ſourde intelligence.

GABRIELLE.

Dieu ! que m'apprenez-vous? tous mes ſens ſont glacés ;
Parlez. Le Roi .... ſes jours ſeroient-ils menacés ?

SULLI.

Non. Mais contre vous ſeule un complot trop funeſte...

GABRIELLE.

Qu'il vive & ſoit heureux, que m'importe le reſte.

SULLI.

Sachez qu'en ce moment l'infâme trahiſon
Prépare contre vous, le fer & le poiſon.
Dans ce projet affreux je connois plus d'un traitre ;
Si je vous les nommois, vous fremiriez peut-être.
Zamet, ſecret agent de vos perſécuteurs,
Inſtruit de vos deſſeins, doit ſervir leurs fureurs.
Le Palais que j'habite, aſyle impénétrable,
Peut ſeul vous dérober à leur haine implacable ;
Qu'il ſoit votre réfuge, & malgré ces pervers,
Les yeux autour de vous inceſſamment ouverts,
Je réponds de vos jours, je réponds que mon zele
Rompra de leurs complots la trame criminelle.

GABRIELLE.

Eh bien ! ſoyez mon guide & mon libérateur,
A vos ſages conſeils j'abandonne mon cœur ;
Mais ſi la trahiſon doit me pourſuivre encore,
Quels que ſoient mes dangers, que le Roi les ignore.

SULLI.

Oui ; mais tandis qu'il va recevoir vos adieux,
Je cours tout préparer, & reviens dans ces lieux.

SCENE IV.

GABRIELLE.

Quel avenir attend mon ame épouvantée !
Quelle chaîne d'horreurs par Sulli préſentée !
N'entens-je pas les cris de la ſœur des Valois;
Le fer eſt ſuſpendu ſur le meilleur des Rois ;
Et moi ſeule en ſuis cauſe, & tant que je reſpire,
Contre lui, contre moi, la trahiſon conſpire.
N'ai-je donc pas aſſez, par mes folles amours,
De ſes proſpérités empoiſonné le cours ?
Que me faut-il encore, & quel eſpoir me reſte ?
De nourrir une flamme à mon Prince funeſte ;
Et de m'enſevelir dans l'exil & l'oubli
Pour y traîner des jours qui devoient être à lui ?
Et j'éterniſerois mes terreurs, mon ſupplice ?
Ah ! plutôt qu'à l'inſtant la mort m'en affranchiſſe.
Mourons en m'arrachant de ce funeſte lieu,
Et ſauvons à ce Prince un trop cruel adieu.
Juſte ciel ! c'eſt lui-même.

SCENE V.

GABRIELLE, HENRI.

HENRI.

Où courez-vous, Madame ?
Quel trouble à mon aspect s'éleve dans votre ame ?
Du beau jour qui nous luit corrompant les douceurs,
Vous livrez-vous encore à d'injustes terreurs ?

GABRIELLE.

Non, Sire ; de mes maux la trace est effacée...
Mon cœur est plus tranquile, & ma crainte est passée ;
Et la France elle-même approuvera mes feux,
En me voyant remplir le plus cher de ses vœux....
Ils connoîtront....

HENRI.

Grand Dieu ! quelle pâleur mortelle !

GABRIELLE.

Comment ?

HENRI.

Vous frémissez, ma chere Gabrielle !
Ah ! ce calme apparent, ce désordre subit,
Le son de votre voix, enfin, tout vous trahit :
D'un déplaisir secret vous éprouvez l'atteinte.

GABRIELLE.

Eh bien !... qu'allois-je dire !... ô mortelle contrainte !

HENRI.

Expliquez-vous, parlez.

GABRIELLE.

Notre hymen eſt certain ;
Je n'oſois l'eſpérer : un bonheur ſi ſoudain ,
Un changement ſi prompt, cauſent le trouble extrême...
Hélas ! il m'eſt affreux de tromper ce que j'aime:
Malgré tous mes efforts je cède à ma douleur,
Je ſens que mon ſecret s'échappe de mon cœur.
Cher Prince, vous comptiez qu'un heureux hymenée
Alloit joindre à vos jours ma vie infortunée.

HENRI.

Quoi donc ?

GABRIELLE.

Le ciel s'oppoſe à des liens ſi doux,
Il faut y renoncer.

HENRI.

Que je renonce à vous !
Qui peut vous inſpirer cet étrange langage ?

GABRIELLE.

Sire, il eſt des devoirs où l'honneur nous engage ;
Peut-être de vos jours le ſalut en dépend ;
Un obſtacle invincible à l'Autel nous attend.

HENRI.

Votre amant, ſi le ſort contre lui ſe déclare,
N'attendoit pas de vous un arrêt ſi barbare ;
Mon cœur s'étoit flatté d'un plus tendre retour.

GABRIELLE.

Quoi ! vous pourriez encor douter de mon amour.
O ciel ! quelle colere en vos yeux étincelle !
Quoi ! vous pourriez penſer....

HENRI.

Que dis-tu, Gabrielle ?

Ai-je pû t'offenser ? Tu me connois trop bien
Pour croire que mon cœur doute jamais du tien.
Viens aux yeux de ma Cour abjurer tes allarmes,
Et monter sur un trône embelli par tes charmes ;
Mais quel est cet écrit ? vous l'arrosez de pleurs :
Donnez.

GABRIELLE.

Ce dernier trait manquoit à mes malheurs.
Que la mort que j'attends sera lente & cruelle !

HENRI, *lisant.*

» Epoux de Marguerite, amant de Gabrielle,
» Rome enfin se déclare & rompt vos premiers nœuds ;
» Si le remords éteint de trop coupables feux.
Le voilà donc connu l'obstacle qu'on m'oppose ;
J'en ai prévu l'effet, j'en détruirai la cause.
Va, n'appréhende rien des Ministres sacrés,
Va, le Trône & l'Autel ont leurs droits séparés.
Quoi ?Ne vois-tu donc pas qu'ils n'ont fait que souscrire
Aux ordres que Philippe a l'orgueil de prescrire ?
C'est à ce prix, dit-on, qu'il m'ose offrir la paix ;
Mais la France est soumise, & mes soldats sont prêts,
Et s'il persiste encor, si Biron, Lesdiguieres,,
Ne peuvent mettre un terme à cette haine altiere,
J'irai, je porterai le fer & les flambeaux,
Je verrai mes sujets rangés sous mes drapeaux,
Avec eux réuni, rien ne m'est impossible,
Et l'amour des François va me rendre invincible.

✱

SCENE VI.

HENRI, GABRIELLE, SILLERY.

SILLERY.

Le jour de la vengeance enfin eſt arrivé.
Par le courroux du ſort, ſi long-tems éprouvé,
Sire, vous triomphez d'un complot infidèle
Qui prétendoit du Trône écarter Gabrielle.

HENRI.

Que dis-tu ?

SILLERY.

Le Germain, le Batave & l'Anglais,
Ennemis de Philippe, inſtruits de ſes projets,
N'attendent que de vous le ſignal de la guerre.
Si vous voulez venger, & la France & la terre,
Riche de leurs tréſors, accru de leurs ſoldats,
Vous les verrez en foule accourir ſur vos pas.

HENRI.

(*A Gabrielle.*) (*A Sillery.*)
Eh bien! vous l'entendez. J'y dois compter.

SILLERY.

Oui, Sire,
Et leurs Ambaſſadeurs viennent de m'en inſtruire.

HENRI.

J'embraſſe avec tranſport ce deſſein généreux,
Et pour mieux l'aſſurer je marche devant eux.
Que de tous mes guerriers l'élite ſe raſſemble,

Qu'ils ſoient prêts dans une heure; Et toi, Philipe, tremble.
De tes piéges ſanglans j'ai dédaigné mes pas,
Et je cours te chercher au ſein des tes Etats.
Quand tu verras, cruel, tout ton peuple en allarmes,
Quand l'Europe s'apprête à ſeconder mes armes,
Quand je peux me venger des maux que tu m'as faits,
Je veux te vaincre encor en te donnant la paix.
Je veux juſqu'en ton cœur étouffer la ſemence
D'un fanatiſme affreux qui déchira la France :
Alors je reviendrai moins conquérant que Roi,

(*A Gabrielle.*)

Plus grand, plus digne encor de mon peuple & de toi,
Et courant aux autels, on me verra moi-même
Sur ton front adoré poſer le Diadême.
Ah ! Si je n'écoutois que la voix de mon cœur,
Loin de ſuſpendre encor l'inſtant de mon bonheur,
De Rome & de Madrid, je braverois la haine,
Ce jour de mon triomphe eût conſacré ma chaîne;
Mais depuis ſoixante ans, ce peuple qui m'eſt cher
Gémiſſant, écraſé ſous un ſceptre de fer,
Prodigue ſes travaux, ſa fortune & ſa vie,
A des Rois affamés du ſang de la Patrie,
Il eſt tems qu'à ſon tour un Monarque François
Immole ſon bonheur au bien de ſes ſujets.

SILLERY.

Vous cedez cependant, & Philipe va croire....

HENRI.

J'attendois un conſeil plus conforme à ma gloire;
Sillery, c'eſt aſſez, faites venir Sulli.

SCENE VII.

GABRIELLE, HENRI.

GABRIELLE, *à part.*

Le seul vœu de mon cœur enfin est accompli,
Et je puis de mes feux dérober l'infortune
Aux regards satisfaits d'une Cour importune.

(*Au Roi.*)

Enfin, seule avec vous, je goûterai du moins
La douceur de pleurer un moment sans témoins.

HENRI.

Tu vois, à cet effort que j'ai fait sur mon ame,
Si mon peuple m'est cher, & si l'honneur m'enflamme;
Mais la terre & les cieux, réunis contre moi,
Conspireroient en vain pour m'arracher à toi.
Je dois un sacrifice à ma triste Patrie,
Mais crois ce cœur qui t'aime avec idolatrie;
Les flambeaux de l'hymen éclaireront nos nœuds,
Je te le jure encor à la face des cieux.
Dans ce fatal instant j'admire ton courage,
Du terme de nos maux qu'il soit l'heureux présage;
Sans doute que du ciel conjuré contre nous,
Tant d'amour, de vertus, fléchiront le courroux.
Va, chaque jour ma main te retraçant ma flamme,
Absente de mes yeux, tu liras dans mon ame.
Je reviendrai vainqueur, & plein de mon amour.
Chere épouse, en quels lieux fixe-tu ton séjour?

GABRIELLE.

Non loin de ce Palais, Sulli m'offre un aſyle.

HENRI.

Sulli!

GABRIELLE.

J'y dois trouver un port ſûr & tranquile.
C'eſt-là que j'attendrai la fin de mes malheurs.

(*A part.*)

Séparons-nous... Adieu, cher Prince. Je me meurs.

HENRI.

Quels adieux!

GABRIELLE, *à part.*

Je ſuccombe à cet effort barbare.

HENRI.

Attends, attends, du moins que mon cœur s'y prépare.
Ma chere Gabrielle, eh quoi, tu peux me fuir
Sans donner à mes maux une larme, un ſoupir?
La plus légere abſence effrayoit ta tendreſſe:
Qui te rend donc ſi calme, & d'où naît ma foibleſſe?
D'où vient que ton courage augmente ma terreur?
Je me ſens pénétré d'une ſecrete horreur.

GABRIELLE.

Vous-même en ſes devoirs ſoutenez Gabrielle:
A votre cœur ſouvent que l'amour la rappelle.
Puiſſiez-vous devenir plus grand, plus renommé,
Vous ne ſerez jamais ſi tendrement aimé.

SCENE VIII.

HENRI, *seul.*

Il faut se vaincre ; il faut plus tranquile & plus ferme,
Quels que soient mes tourmens que mon cœur les renferme
Je le veux : cependant, ses regards, ses discours,
Voulant me rassurer, m'épouvantoient toujours.
D'un sinistre projet seroit-elle occupée ?
Dans de sombres terreurs son ame enveloppée,
Prête à s'ouvrir à moi, sembloit se retenir :
Oui, je croirois.... O Dieu ! que vas-tu devenir ?
Malheureuse d'Estrée ; elle en mourra peut-être.
Et Sourdis ne vient point ; mais je la vois paroître.

SCENE IX.

HENRI, SOURDIS.

HENRI.

Ah, Madame !...

SOURDIS.

Sulli trahit vos intérêts ;
Il a de votre hymen suspendu les apprêts,
Et...

HENRI.

Courez chez Sulli, volez vers Gabrielle ;
J'ai reçu ses adieux, vous apprendrez tout d'elle.

SOURDIS.

SOURDIS.

Quoi, Sire ! vous pourriez...

HENRI.

Ne me repliquez pas,
Je le veux, je l'ordonne, accompagnez ses pas.
Pardonnez ; vous voyez le trouble qui m'égare :
L'Espagne me réduit à cet effort barbare ;
Partez ; si Gabrielle en ce nouveau malheur,
Reste plus long-tems seule en proie à sa douleur,
Si vous l'abandonnez, je tremble pour sa vie ;
Retraçez-lui l'effroi dont mon ame est saisie,
Et dites-lui sur-tout, pour mieux la rassurer,
Que je ne peux jamais cesser de l'adorer,
Que je fais mon bonheur de voir sa destinée,
Par le plus saint des nœuds, à la mienne enchaînée,
Que nous triompherons après tant de revers,
Qu'elle ait soin de ses jours, si les miens lui sont chers.

SOURDIS.

Et pourquoi ! vous l'objet, l'auteur de ses allarmes,
Empruntez-vous ma main pour essuyer ses larmes ?
Quoi, Sulli, de vos feux a rallenti l'ardeur ?

HENRI.

Arrêtez ; gardez-vous de soupçonner mon cœur !

SOURDIS.

Sire, eh bien, croyez-moi, cessez de vous contraindre.
Maître absolu d'un peuple, est-ce à vous de le craindre ?
Peut-il vous opposer un obstacle assez grand...

HENRI.

Je suis son Roi, Madame, & non pas son tyran :
Plaignez mon désespoir sans l'augmenter encore,
Cachez-moi, s'il se peut, l'affront que je dévore ;
Partez, volez vers elle, & rassurez son cœur ;
Chaque mot, chaque instant redouble ma terreur.

SCENE X.

HENRI, SULLI.

SULLI.

SIRE, contre vos feux Rome s'eſt déclarée.

HENRI.

Faiſant un effort ſur lui-même.

L'hymen eſt ſuſpendu, je m'arrache à d'Eſtrée,
Etes-vous ſatisfait?

SULLI.

Ah, Sire! à cet effort,
Je reconnois un Roi qui ſait dompter le ſort.

HENRI, *vivement.*

Cruel, plains-moi du moins quand mon cœur ſacrifie
A des ſujets ingrats le bonheur de ma vie.

SULLI.

Vous l'éprouvez, ſouvent après de longs travaux,
La gloire eſt le ſeul prix des Rois & des héros.

HENRI

Sulli, ſi tu ſavois dans quelle horreur mortelle,
Avant de me quitter, m'a plongé Gabrielle?

SULLI.

(*A part.*)

Avant de vous quitter. Qu'entends-je? juſtes cieux!

HENRI.

Depuis que j'ai reçu ses funestes adieux,
Tes yeux ont dû la voir.

SULLI.

Quoi, Sire! elle est partie.

HENRI.

D'où te vient cet effroi?

SULLI, *à part.*

Je tremble pour sa vie.

HENRI.

Que dis-tu?

SULLI.

Mais enfin, quel est donc son projet?

HENRI.

De trouver chez toi-même un asyle secret.

SULLI, *à part.*

Elle m'avoit promis.... Quel jour affreux m'éclaire,
D'un infâme complot j'entrevois le mystere.
(*Haut.*)
Et malgré mes conseils elle a pu vous quitter?

HENRI.

Ah! sans doute à ses jours elle veut attenter,
S'il en est tems encore, ami, volons vers elle.

SULLI.

Restez. Enseignez-moi le lieu qui la recele,
Et j'y cours.

SCENE XI.

HENRI, SULLI, SILLERY.

SILLERY.

Chez Zamet elle a porté ses pas.

SULLI.

Chez Zamet? & le traître a juré son trépas.

HENRI.

Ah! courons l'arracher à ce lâche homicide.

SILLERY.

Non, vous ne suivrez point le transport qui vous guide,
Non, mon Roi, je ne puis...

HENRI.

Quoi, tu retiens mes pas?

SILLERY.

O Prince infortuné, ne la revoyez pas.

HENRI.

Barbare, je t'entends, on a tranché sa vie.

SILLERY.

Non, Sire, non, le sort ne vous l'a point ravie;
Tremblante pour vous seul, en proie à ses douleurs,
D'un pas irrésolu, les yeux baignés de pleurs,
Elle entre chez Zamet où le hazard m'attire.
Tout-à-coup elle tombe en un sombre délire.
Le frisson la saisit & ses sens sont glacés;
Mon œil la méconnoit dans ses traits effacés:
Le ciel à ses tourmens égale sa constance.

HENRI.

Ôte moi donc, barbare, ou me rend l'ésperance.
Arrache moi le cœur.

SILLERY.

Un chagrin trop pressant
Peut-être aura causé les maux qu'elle ressent.
Zamet est dans les pleurs, & Sourdis auprès d'elle...
Mais quel bonheur, vers vous, ramene Gabrielle?

SCENE XII, *& derniere.*

HENRI, SULLI, SILLERY, GABRIELLE, SOURDIS, AMELIE, COURTISANS.

HENRI.

Gabrielle! ah! le ciel te rend à mon amour.
O bonheur inouï! je passe tour-à-tour
De l'excès du malheur au comble de la joie.
A quels affreux tourmens mon cœur étoit en proie?
Mon fatal ascendant pour toi m'a fait trembler;
Du poids de mes revers j'ai craint de t'accabler:
Enfin à ton aspect mon ame est rassurée.
Si tu chéris ma gloire, ô ma chere d'Estrée?
Viens, viens de tes regards m'enflammer aux combats,
La victoire à tes yeux doit marcher sur mes pas:
Ne nous séparons plus.

GABRIELLE, *à part.*

O douleur qui me tue.
Je ne puis soutenir une si chere vue,

(*Cachant avec peine les douleurs aiguës qu'elle éprouve par intervals.*)

(*Au Roi.*)

Ah ! montrez moins d'amour à mon cœur déchiré ;
Dans l'horreur des tourmens mon esprit égaré
A trop imprudemment cherché votre présence ;
Je ne puis vous flatter d'une fausse espérance.

(*Bas.*)

Sourdis, arrachez-moi de ce funeste lieu.

(*Haut.*)

Cher Prince, il faut nous dire un éternel adieu.

HENRI.

Que dis-tu ? Quelle horreur me saisit, m'environne ?
Gabrielle en mes bras, pâlit, tremble, frissonne.
Quel soupçon effrayant se réveille en mon cœur ?
Seroit-il vrai, grand Dieu ! qu'un traître, en sa fureur,
Eut osé.... Qu'à l'instant ce monstre sanguinaire,
Zamet, chargé de fers...

GABRIELLE.

Ah ! si je vous suis chere,
Vous n'imputerez pas mon malheur à Zamet,
Le ciel vouloit ma mort, & mon cœur s'y soumet ;
Moi-même j'ai voulu renoncer à la vie,
Heureuse de servir mon Prince & ma Patrie.
Je vous rends les sermens, garants de votre foi,
Qu'une autre, s'il le faut, plus heureuse que moi,
Puisse un jour... Je me meurs.

HENRI, *se précipitant sur elle.*

Ah, dieu ! je vais te suivre.
Chere épouse ; tu meurs ; il m'est affreux de vivre.

SULLI.

Que je suis pénétré de l'horreur de leur sort !

(*Regardant le Roi.*)

Ciel ! je vois sur son front la pâleur de la mort.

Aux Courtisans.)

Eloignez de ses yeux cet objet lamentable.

(*Revenant vers le Roi.*)

Je crains qu'il ne succombe au tourment qui l'accable.
M'entendez vous, cher Prince?

HENRI, *se relevant avec effort & laissant voir un désespoir morne.*

Arrête, & cache-moi
Cette indigne pitié qui méconnoît un Roi.
Songe que Gabrielle à l'Etat sacrifie,
Et l'amour, & l'hymen, & le trône, & la vie?...
Que tout respecte ici mon désespoir mortel...
Publie dans la France un deuil universel.

FIN.

APPROBATION.

J'ai lû par ordre de Monsieur le Lieutenant Général de Police, le manuscrit de la Tragédie ayant pour titre : *Gabrielle d'Estrée*, & je n'y ai rien trouvé qui m'ait paru devoir en empêcher la représentation & l'impression, à Paris, ce premier Janvier 1778.

PHILIPPE DE PRÉTOT.

Vû l'Approbation, permis de représenter & imprimer, à Paris, ce 2 Janvier 1778.

LE NOIR.

www.ingramcontent.com/pod-product-compliance
Ingram Content Group UK Ltd.
Pitfield, Milton Keynes, MK11 3LW, UK
UKHW021107260726
13994UKWH00002B/758

9 782329 127965